ハヤカワ文庫SF
<SF2194>

ローダンNEO ⑩

ヴェガ遭遇

クリスチャン・モンティロン
柴田さとみ訳

早川書房
8227

PERRY RHODAN NEO

IM LICHT DER WEGA

by

Christian Montillon

Translated by
Satomi Shibata
First published 2018 in Japan by
HAYAKAWA PUBLISHING, INC.
This book is published in Japan by
arrangement with
PABEL-MOEWIG VERLAG KG
through JAPAN UNI AGENCY, INC., TOKYO.

ヴェガ遭遇

登場人物

ペリー・ローダン……………………宇宙船《スターダスト》元船長
レジナルド・ブル（レジ）……………《スターダスト》の元システム・アドミニストレーター
エリック・マノリ……………………《スターダスト》の元船医

トーラ・ダ・ツォルトラル……………アルコン宇宙船《アエトロン》元船長
クレスト・ダ・ツォルトラル…………アルコン人遠征調査団の元学術長

ジョン・マーシャル…………………児童保護施設の元責任者、テレパス
シド・ゴンザレス……………………同施設に暮らした少年、テレポーター
スー・ミラフィオーレ………………同施設に暮らした少女、ミュータント
タチアナ・ミハロヴナ………………大ロシア出身のテレパス

タコ・カクタ…………………………日本出身のテレポーター
ラス・ツバイ…………………………スーダン出身のテレポーター
アンネ・スローン……………………元サーファー、テレキネス
ウリウ・セング………………………日本出身の透視能力者

ロッド・ニッセン
コンラッド・デリングハウス｝………アメリカ人元宇宙飛行士
ダーリャ・モロソワ
アレクサンダー・バトゥーリン｝……ロシア人元宇宙飛行士

アラン・マーカント…………………アメリカ国土安全保障省の元諜報員
チトラ・シン…………………………インドの女性首相

リコ……………………………………クレストを救い破壊されたロボット
クイーン………………………………リコを救った謎の女

自分ははたして「何者か」であり得るのか。私にはわからない。

名前があるのは、何者かである証だ、そうだろう？　けれど我が身を見下ろせば、そこにあるのは金属の塊と、さも人間の肉体のように見せかけた何かのみ。

そこそこ出来の良いコピーであることは確かだ。今でこそ、惨めなありさまではあるが。

意識を取り戻したとき、私は砂漠の真ん中にいた。岩場の陰の、どこか人目につかない場所に。体内の記憶ユニットによれば、私はここに捨てられたらしい。

そしてその後、自動修復装置によって再起動したのだ。何かの接近に反応して。動物。我が身を完全体に修復するための、原料。プロセスはまだ完了していない。私は死肉を引きずる。さっきまで、それが私を引きずっていたように。まずは、どこかちょうどよい隠れ場所を探さなければ。

ようやく、出発できる程度には機能も回復してきた。

私の名はリコ。私には、目指すべき場所がある。

1

未知なる太陽光

ペリー・ローダン

底なしの深淵がペリー・ローダンを飲み込んだ。

星々の放つ白光が、それ以外のあらゆる光とともに遠い記憶の彼方に消える。今この時、この場所、宇宙のすべてが、漆黒の闇となった。

唐突に襲いくる痛みにローダンの体が燃え、目の前に火花が閃く。その幻の光に続いて、本物の光がやってきた。現実世界が戻ってくる。深淵が彼らを吐き出したのだ。《グッド・ホープ》は超光速飛行を完了した。

それは、トーラ・ダ・ツォルトラルにとっては慣れ親しんだ、いつもの飛行である。だが他の搭乗者にとっては、あまりにも強烈な体験であり、強烈な痛みだった。痛みはその訪れと同じくらい唐突に引いていった。ローダンの眼前で、現実のものではない炎が最後の揺らめきとともに消える。そうして、彼自身が《グッド・ホープ》と名付けたアルコン搭載艇の司令室の光景が、まるで覆いを取り去られたように戻ってきた。

ローダンは大きく深呼吸した。口の端から唾液が垂れているのに気づき、さりげなく手で拭う。やがて、頭のほうも少しずつ現実に戻ってきた。

消えゆく痛みを感じながら、ローダンは一同を見まわした。この未知への旅には、九人の仲間が同行している。未知なる宇宙の真ん中で、頼りになるのは互いの存在だけだ。互いに支え合い、絶対的に信じ合うことが求められる、九人の同行者――といっても、トーラを「人」と数えればの話だが。

人間ではなくアルコン人（アルコニド）である彼女は、ローダンにとって果てしなく近く、それでいて遠い存在だった。高い知性を備え、人間と似たように思考するトーラ。その点で、彼女は自分たち人間とまったく同じ存在ではないのか――？　ローダンにはわからないし、その点について深く考える時間もなかった。なぜなら、それは新たな時代が投げかけた哲学的ともいえる膨大な問いのなかの、たったひとつにすぎないからだ。人類は、そして人類を構成するテラナー一人ひとりは、これまでの自己認識をまったく新たに見直す必要に迫られていた。

「全員、苦しんでいるようね」トーラの声がした。「今のは標準宇宙への再突入に伴う通常の現象です。何光年もの距離を一気に跳躍したことによる副作用よ」

「遷移（トランジション）に伴う苦痛、か」ローダンは絞り出すようにつぶやく。その話はすでにテラニアで、クレストから聞かされていた。しかし、話に聞くのと実際に体験するのとでは大違いだ。そこには幼子の落書きと天才画家の傑作にも等しい圧倒的な差があった。

だがそんなことよりも、今はトーラの前に浮かび上がる超巨大なホログラム映像のほうがずっと重要だった。ホログラムの中央には、青白く燃える巨大な太陽が浮かんでいる。

――恒星ヴェガ。

ローダンはホログラムの三次元映像をじっと見つめた。無数の惑星を擁する未知の恒星系。故郷である地球からはあまりに遠く、それゆえに人類がここまで鮮明にその全容を目にすることは今まで不可能だった。――その姿に驚嘆することも。ヴェガ星系に天体が存在することは、地球の科学技術によって何年も前にすでに判明している。だが、今目の前に広がるそれは、ローダンの想像をはるかに超えていた。地球から何光年も離れた宇宙空間に存在する、おそらくは未知の知的生命体が生息する星々。しかも、それが手を伸ばせば届くほど近くにあるのだ。

恒星系の中央には、巨大な超巨星ヴェガが輝いている。ホログラム映像にはところどころ、ぼやけたように不鮮明な箇所があった。トーラが主張するには、位置測定システムが常時新たなデータを収集して映像を補完しているという。「通常であれば、もっと迅速に処理可能よ。けれど残念ながら、今の《グッド・ホープ》は万全の状態ではありません」

それでもなお、その光景はローダンに息を呑ませるにはじゅうぶんだった。恒星ヴェガのまわりを公転する、無数にも思える惑星の数々。その一つひとつの周囲を、さらに膨大な数の衛星が回転している。衛星をもたない星もあれば、地球のように単一の月を有する星もあった。かと思えば、三つ、四つ、さらには一二もの月を従えた惑星もある。ローダンはじっとホログラム映像に見入った。その光景に集中するあまり、他のあらゆる思考が頭から消えてしまう。

ヴェガについては地球でもいくらか研究が進んでおり、ここ数十年は比較的「解明が進んだ」天体とみなされていた。だが、こうして宇宙空間で至近距離から見るそれは、すべてを覆した。ローダンは宇宙飛行士として、ヴェガに関する多くのデータを知っている。この恒星が地球の太陽よりもずっと巨大で、はるかに明るいことも。しかし、知っているのと実際に目の前に立つのとでは、まったく違っていた。圧倒的な感覚。ホログラム越しでは足りない、この目で直接、あの星々を見たい――ローダンはそう切望した。

「驚いたかしら？」トーラが尋ねてきた。「この宇宙の星系すべてが、あなたたちの太陽系のように単純で小ぢんまりしているわけではないのよ」とはいえ、そう言う彼女もまた、どこか畏敬の念にとらわれているように見えた。彼女は今も発進前と変わらず、光輝くたくさんの仮想コンソールに囲まれている。

このバーチャルなコンソールを駆使して、トーラは芸術のように、それでいて、ごく無造作に《グッド・ホープ》を地球からここまで遷移ワープさせたのだ。その所作たるや、気晴らしに機器と戯れているようにしか見えなかった。──いや、それ以上だといえる。まるでフル編成のオーケストラを手の動きひとつで完璧に操り、美しいハーモニーを奏でる巨匠のように。しかもローダンの見る限り、トーラは遷移にともなう苦痛にも、よろめくことさえなかった。

仮想コンソールは今もなお、トーラをとり囲むように腰の高さ辺りに浮かんでいる。だが今はもう、これらを操作する必要もなかった。《グッド・ホープ》はさしあたり目的地点に到達したのだ。搭載艇は今、未知の星系のただ中にいた。

──何光年もの長大な距離をひと飛びでワープして。それは、ローダンの想像力をかるく飛び越える距離だった。もちろん、あれこれと数字を引き合いに出して、理論上の距離を論じることはできる。だが、実感として理解することは不可能だった。ローダンの想像力は屈服を余儀なくされていた。地球から月まで。それが、人類があらゆる手段を用いて、かつ多大な生命の危険を背負って、ようやく到達できると彼がこれまで信じてきた距離だった。だがその距離ですら、今こうして跳躍した道のりに比べれば、歩きはじめの赤子のおぼつかない一歩にすぎない。

トーラはヴェガ星系が映し出されたホログラムから視線をはずし、ぐっと首をそらした。アーチ状に広がる天井をふり仰ぎ、目を閉じる。白銀の髪が肩から背中へと流れ落ちた。彼女は深く息をつき、すっと背筋を伸ばして思考に沈んでいるように見える。あるいは、気持ちを落ち着けようとしている――？　だとしたら、何にそんなに動揺しているのか。その顎をホログラムの光が照らしていた。

「この星系について、現時点で判明している情報は？」ローダンは尋ねた。

トーラは目を閉じたまま答える。「位置測定システムが引き続き新たなデータを収集し、リアル・ホログラム映像を補完しているわ。必要なあらゆる事前措置は、私が到達時にすでに実行済みです。現在のところ、至近距離に艦艇は一隻も存在しない。けれど、あの緊急通信を考えれば、これは決して当然のことではなくてよ。下手をすれば、戦艦による砲撃戦のまっただ中にワープして攻撃を受けていた可能性もあるのですから。あるいは、今ごろ全員吹き飛ばされて、原子レベルまで分解されていたかもしれないわ」

ローダンはホログラム中央の青白い太陽に視線を奪われたまま、うなずいた。「感謝します、トーラ。あなたの助けがなければ、お手上げだった。我々の誰一人とっても、《グッド・ホープ》の操縦にかけては、あなたの足もとにも及ばないのですから」

トーラの赤金の瞳が、まっすぐローダンに向けられた。「自分の弱みをそう簡単にさらけ出すものではなくてよ」

「友に対して、本当のことを隠す必要がどこにあります？　我々は今、この宇宙で互いに支え合っている。今このひとときに限って言えば、おそらくはあなたも同じだ、トーラ」

トーラの冷たく色白な顔は、しばし無表情のまま固まっていた。しかし、やがて興奮による涙がその目に浮かぶ。「——今に限ったことではないわ」

ローダンは微笑んだ。彼らはチームになったのだ。今ここにいる全員が。そこまで考えたところで、未知の星系の驚異をもっと詳しく知りたいという欲求が、ローダンのなかで再び湧き上がってきた。

しかし、その圧倒的な魅惑から彼の意識を引きはがすものがあった。タコ・カクタが突然叫び声を上げたのだ。苦悶の叫びが、喉のつまるような低いうめき声に変わっていく。日本生まれのテレポート能力者は自分の首をぐっとつかんだ。顔色が見る見る青くなり、体がよろめく。腕がたよりなく宙をさまよった。何かにつかまろうとしているのだ。だが、手はむなしく空を切った。

次の瞬間、タコはがくりと崩れ落ちた。テレキネシス能力者のアンネ・スローンが倒れる体を支えようとしたが、間に合わない。タコの頭がアンネの足の真上に落ち、上下の歯が激しく音を立ててぶつかった。

ローダンは、倒れたタコの上に身をかがめた。唇の端に小さな赤い泡が見える。口がだらりと開き、赤黒い血の球がひと粒、舌の上を転がった。——舌は、喉の奥に引っ込んでいる。タコは喉を詰まらせ、白目を剥いていた。

このままでは窒息してしまう。ローダンはタコの頭を慎重に仰向けにさせたが、さして効果はなかった。舌は喉のかなり奥に引っ込んでしまっている。タコは空気を求めてむなしくあえいだ。くぐもったうめきが喉から漏れ、手足がひきつったようにビクビクと動く。ひっくり返った目は虹彩の端がわずかに覗く他は、血走った白目が見えるのみだ。

ローダンは一瞬の躊躇もなく、タコの顎をぐいとつかむと、親指と人差し指と中指とで顎関節を押し開いた。押さえつけられた頭が痙攣するように激しく暴れる。

「落ち着くんだ、タコ。今助ける」その声がはたしてタコに届いたかどうか。ローダンはすばやくタコの咥内に手を入れると、舌をひっつかんで手前に引いた。血混じりの唾液が指を伝っていく。

テレポート能力者はくぐもったうめき声をあげた。驚異的な力で、反射的に口が閉じられる。ローダンはもう片方の手でとっさにタコの口を押さえ、咥内の指を引き抜こうとした。が、間に合わない。タコの歯が、ローダンの親指に鋭く食い込んだ。

そのとき、誰かがさっとタコの頭をつかんだ。ラス・ツバイだ。彼がタコの口を押し広げてくれたすきに、ローダンはすばやく指を引き抜いた。脈打つような痛みが手全体に広がる。だが、タコを襲った突然の痙攣発作は治まったようだ。その体は力なく床に倒れ伏していた。

「気絶したようだ」ラスがこの事態に無駄口ひとつたたかず、簡潔に告げた。「だが息はしている。急を要する状態じゃない」

「そいつは確かなのか?」

「私は医者じゃないし、これまでにアルコンの搭載艇で超光速ワープした経験もないんだが……」ラスはそう言って、苦笑いする。「まあ、かなり確かだと言えるな」

ローダンは傷を負った片手の震えを押し殺した。肉までは達していない、その程度の傷だ。指はちゃんと動く。「そうか、感謝する」

スーダン人は笑った。今度は、心からの朗らかな声音で。真っ黒い肌が口のまわりでしわをつくる。短く刈り込んだ縮れ毛の根本に汗が光っていた。「どういたしまして。アンネのテレキネシス能力にさらに磨きがかかれば、窒息しかけた人間の舌だって、手を使わず精神の力で引っぱり出せるんだろうがな。それまでは、古き良き手段に頼るとしよう」

「無理よ、私のテレキネシス能力ではそんなこと――」アンネ・スローンが反論しようと口を開き、そこではっとして胸の前で腕を組んだ。「いいえ……そうね、そうかもしれない。私はもっと自分の能力を磨いて、自在に操れるように努力しなくちゃ!」そう言う彼女の声は意欲に満ちている。ローダンの見たところ、それはアンネの気質だった。快活で、自発的。そして、少し過剰に思えるほどに気を張りつめている。そうすることで、テレキネシスという特殊な力が自らの人生にもたらす不条理に打ち勝とうとするかのように。アンネの身の内には、大きな可能性が秘められている。それを解放するだけの強い意志と揺るぎない気骨が、彼女には備わっているのだ。

「では、彼は大丈夫なのね？」そう尋ねるトーラの声には、気遣わしげな響きが混じっていた。以前の彼女であれば考えられないような感情だと、ローダンは思う。そもそも、タコ・カクタに対するトーラの態度はもとより特別だった。先のクリフォード・モンタニーとの戦いで、タコは墜落するアルコン搭載艇の炎のなかからトーラを救い出したのだ。

「これも、遷移ワープに伴う諸症状のひとつよ。苦痛の出方は個人によって大きく違う。彼の場合は、それが通常よりずっと顕著に表れたのでしょうね」

「だが、彼はきっと持ちこたえる」ラス・ツバイが再び力強く請け合った。

「ならば今は、この星系について目下判明している情報を検討するのが先決です」トーラが告げた。一瞬にして、近寄りがたい冷たさが戻ってくる。頂点からすべてを睥睨する冷たき艦艇司令官——その姿は、ローダンが月で出会った当初の彼女を思い起こさせた。

「そうですね、優先順位を定めなければ」彼は言った。

トーラの目が、まっすぐにローダンの目を見つめた。「ええ、そのとおりです」彼女は微笑んだ。彼女特有の、意図の知れない冷たく美しい笑み。古代ギリシャの女神像のように完璧に調和のとれた美がそこにはあった。白銀に輝く髪が、近寄りがたい雰囲気をさらに強めている。

アルコン搭載艇の司令室には、直接外を覗ける窓はない。彼らと外部の宇宙とは、数十メートルもの距離と、最外殻を含めた何層にもおよぶアルコン鋼の壁によって隔てられていた。しかし、トーラの前に浮かぶホログラム映像は、視界の隔たりを補って余りあるものだった。三次元のその映像は今では完璧に補完され、周囲の宇宙を映し出している。

ラス・ツバイが一歩前に進み出て、片手を伸ばした。指先がホログラムの境界ぎりぎりのところで止まる。そこには、絶えず動き続ける無数の惑星と月が映し出されていた。唯一この星系の太陽だけが、こぶし大の——実物は当然ながら、もっと限りなく巨大なのだろうが——炎球のように燃え上がり、星々の中央にじっと佇んでいる。ラスの黒い指先がホログラムに差し入れられた。震える指が、こぶしの形に握られる。興奮を隠しきれない様子で、テレポート能力者は尋ねた。「この星系には、いくつ天体が？」

「惑星は全部で四二個です」トーラが応じる。「衛星にいたっては、数字を挙げるのも無意味なほどよ」

「そりゃ、あなたにとってはね。アルコン人は宇宙のすべてを見尽くしているでしょうから。だが私たちにとっては……」ラスはそこで口をつぐんだ。こんなことでトーラと言い争う気にはならないのだろう。そこはローダンも同感だった。なにしろ、今は一瞬一瞬が惜しい。彼らは今、地球人類の歴史上もっとも宇宙の奥深くまで足を踏み入れているのだ。独自の生命を抱く、未知の星系にまで。

「それは少し言いすぎです、ミスター・ツバイ。私とて、すべてを見尽くしたとは到底言えません。この大規模な惑星群には私も感銘を受けています。――おそらくは、あなた方と同じくらいに。もっとも、その理由は少し異なるかもしれませんね。この惑星の多くは命を宿している。ただそれだけで、畏敬の念をいだくにはじゅうぶんでしょう」トーラはそう言うと、ホログラム映像を切り替えた。恒星ヴェガがぐんとズームアップする。周囲の天体がみるみる大きくなり、ホログラムの境界外へと消えていった。「あなた方に見せたいものがあります」　トーラ

トーラは事実、感銘を受けていた。彼女は自問する。もしかしたら、この惑星系に探し求めたものの手がかりが存在するのではないか、と。トーラとクレストが、長らく探し求めてきたものが――。

ズームされた三次元映像のなかでは、恒星を中心にちょうど九つの天体がそれぞれの公転軌道を描いていた。「着目すべきは、第七惑星から第九惑星です」トーラはあえて教師めいた中立的な口調をつくった。「位置測定データによれば、この惑星系で生命の存在が

見込まれる天体は他にも数多い。けれど、人口密集度がもっとも高いのはこの三惑星です。これらの星には地球と酷似した酸素主体の大気が存在します。つまり、この星の住人は地球人やアルコン人と似たような惑星環境下で生存できるということ」

トーラは一同を見まわした。思ったとおり、誰もがホログラムのまわりに集い、目を見開いて映像に見入っている。どうやら自分もまた、感動と畏敬の入り混じった感情を抱いているようだとトーラは判断した。すべてとは言わずとも、多くのアルコン人が今では失ってしまった感情である。自分が変わりつつあることに、そして自身の視界が再び広がりつつあることに、彼女は安堵した。

見まわした顔ぶれには、当然ながら一人欠けた顔があった。まだ意識を取り戻していない日本人のタコ・カクタである。この程度の短距離遷移であそこまで強烈なダメージを受けるということは、体質的に遷移に弱いのだろう。あるいは未知の要因が関係しているのかもしれない。なにしろミュータントに関しては、トーラにもわからないことが多いのだ。タコがすぐに回復することを彼女は願った。彼はこの航行には欠かせない存在だ。もっとも、ローダンは今回の旅のことを、緊急通信に応じた単なる救援ミッションと考えているようだが……。

トーラは同行する人間たち全員の名前をしっかりと記憶していた。《アエトロン》で無気力な乗組員たちに手を焼いた彼女にとって、意欲に満ちた人間たちとの共闘は心地よかった。少し前の彼女であれば、そんな考えが頭をよぎることさえ否定していただろう。

ホログラムの左手にはロッド・ニッセンが、その向こうにはコンラッド・デリングハウス、ダーリャ・モロソワ、アレクサンダー・バトゥーリン、ラス・ツバイ、アンネ・スローン、ウリウ・セングが並んでいる。このなかで、宇宙飛行士はローダンを含めて全部で五人。ただし、それはあくまでも彼ら人間の考える「宇宙飛行士」の話だ。人類がこれまでに成し遂げた宇宙飛行は、故郷の惑星から衛星までというちっぽけな距離にすぎない。だが、本物の宇宙飛行はそんなものではない。彼らはこれから数多くの驚異に出会うことになるだろう――といっても、自分たち一行がそれだけ長く生き延びられればの話だが。

いっぽうミュータントたちは宇宙経験こそないが、貴重な戦力になり得る存在だった。テレポーターであるラス・ツバイとタコ・カクタ、テレキネシス能力者のアンネ・スローン、そして透視能力者のウリウ・セング。ウリウは、まるで物体が存在しないかのように、その向こう側を透かし見ることができる。

こうした特殊な能力を持った人間が、今このタイミングで地球上に数多く現れたことは、実に興味深い偶然だった。偶然と言えば、彼ら人類の住まう星がヴェガ星系のすぐ近くに位置していたことも、やはり偶然なのか。だが、はたして……。

そこまで考えて、トーラははっと思考から意識を引き戻した。今はそれよりもっと重要なことがある。物事には順序というものがあるのだ。ローダンはさっき何と言っていたか……そう、優先順位を定めなくては。

「私たちを呼びよせた例の緊急通信」トーラは言葉を続けた。「あれは、この第七惑星から第九惑星のどこかで発信された可能性があります。内容確認のため、もう一度あの通信を再生します」

つかの間の切り替え操作ののち、おそらくは船内の誰もが暗唱できるほど記憶している例のあの声が、再び流れだした。

トカゲどもに見つかった。星々は奴らに蹂躙されるだろう。闇が、光を駆逐する。汝、太陽より長く生きると伝えられしものよ。急ぎ来られたし！　ケルロン。

「さて……」緊急通信の声が消えるのを待って、トーラは続けた。「私たちは誰一人として、あなた方人類がヴェガと呼ぶこの星系について詳しい情報を知りません。私も、それにクレストも。この船に残された数少ない陽電子コンピュータ（ポジトロニクス）にも、それらしい記録は見あたらない。けれど、ハイパー無線の送信元は正確に割り出せました。あの通信は間違いなく、この星系から発信されています。今現在、この周辺星域がいかに平穏に見えようとも、これだけは確かです」

「見かけに騙されてはいけない、というわけですね」ロシア人女性宇宙飛行士のダーリャ・モロソワが言った。「それにしても、ケルロンとやらの通信にあった〝トカゲども〟というのは、いったい何でしょう？」

トーラはこの点について、すでにある程度の仮説を立てていた。だが、確証が得られるまでは、あまりはっきりしたことを言いたくなかった。「先ほども言ったとおり、私もあなた方と同じくらい、この星系のことを知らないのです。〝闇が、光を駆逐する〟という謎めいた文言についても見当がつかないわ」

「それに、太陽より長く生きるもの、というのも謎だ。それが何らかの生物を指すのか、それとも物質なのか知らないが――」ローダンが付け加えた。「どうやら、この通信を送ってきたケルロンという人物を見つけ出したほうがよさそうだな」

太陽より長く生きるもの――。トーラは仮想ディスプレイのひとつに目をやった。画面上では、絶えず入ってくる位置測定データをポジトロニクスが分析している。「残念ながら、今の《グッド・ホープ》の性能には限界があります。あなたの提案は、その限界を飛び越えろと言っているも同然よ。技術と魔法を混同しないことです」

「そんなことは言っていない。私はただ、あの緊急通信の発信地点をより正確に――」

「待って」トーラがさえぎった。「艦載システムが、画像情報を含んだデータ・ストリームをキャッチしたわ。現在、解読および転送処理中。運がよければ、この星系の生命体が映っているかもしれない」

《グッド・ホープ》が半壊状態でなければ、この程度の画像処理はとっくに完了しているのに、とトーラは思う。だが一部損傷しているとはいえ、アルコンの搭載艇はそこらの民の超光速艦に劣りはしない。この星系の住人がアルコン人に匹敵する技術力を有しているとは、とても思えなかった。とはいえ、技術力の差が単純な数の差によって容易に覆ることもまた事実だ。そして目下《グッド・ホープ》は補給も受けられず、援軍を呼ぶこともできない……。あの謎めいた緊急通信について詳しいことが判明するまでは、慎重の上にも慎重を期すべきだろう。

そのときだった。データ解読処理が完了するよりも早く、司令室を激しい揺れが襲った。衝撃吸収装置でも中和しきれなかった強烈な衝撃が《グッド・ホープ》の船体を駆け抜ける。金属がきしみ、甲高い音が司令室に響きわたった。

トーラはとっさに体に力を入れ、衝撃に耐えた。ローダンも同じく踏みとどまっている。ロッド・ニッセンは転倒し、アンネ・スローンは鋭い悲鳴をあげた。それ以外の人間の様子を、トーラはもはや知覚していなかった。何千回もの訓練によって叩きこまれた流れるような動作で、ほぼ無意識のうちに光輝くコンソールに指令を入力する。手もとに視線ひとつ落とすことなく。

中枢惑星群を映し出していたホログラムが、ふっと消えた。最後の光点が虹色に揺らめいて消失し、代わりに別の映像が形づくられていく。記号化された、図形的な映像。それは先ほどまでのように、細部までリアルな視覚情報によって見るものを驚嘆させることを主眼としたものではなかった。客観的に、効率的に情報を伝達するための映像だ。

その光景は、トーラがまさに恐れていたものだった。星系のただ中の通常宇宙空間に、無数の艦艇が突如姿を現したのである。大型艦……戦艦だ。そして──ああ、星々の神よ！──《グッド・ホープ》はその真ん中に放り出される形となった。

2

砂漠の糸巻き棒

シド・ゴンザレス

かつて肥満児だった少年は、ゴビ砂漠の暑さにだらだらと汗を流した。彼は昔から、とにかく汗っかきだった。そうして――少なくとも他の路上育ちの子供たちが言うには――いつも腐った海藻みたいな悪臭を放っていた。そんな彼も、今ではげっそりと痩せこけている。テレポート能力を使いすぎたせいで体が衰弱しているのだ。それなのに、汗の量だけはちっとも変わらなかった。

ちくしょう。

それは少年にとって、自分の嫌いなところのひとつだった。彼の「自分の嫌いなところリスト」は決して短くはなかった。だが少年は、それを他人に漏らしたりしないように用心していた。シド・ゴンザレスがシド・ゴンザレスをどう思っているかは、他人にはこれっぽっちも関係ないのだから。

「宇宙人をこの目で見たいって、ずっと思ってた」少年は口を開いた。「アルコン人もすごかっただろ、まあ全員じゃないけどさ。だから今度のファンタジー星人とかいうのも、きっとすごい奴らだよ。楽しみだな」事実、シドは待ちきれない思いでいっぱいだった。

「ファンタン星人、でしょ」スー・ミラフィオーレが訂正した。華奢で小柄なこの少女は、片腕が欠けている。彼女もはやる気持ちを抑えられず、今にも駆け出さんばかりだった。だが、二人はレジナルド・ブルから事前によくよく言い聞かされている。くれぐれも冷静で落ち着いた印象を崩さないように、と。つまり、走るなどもってのほかだった。「ファンタン星人よ」スーはくり返した。「ファンタジー星人じゃないわ。わかった？」

シドは自分のおでこを指でつついてみせた。「わかってるって。でもさ、あのクレストじいさんのお喋りを、細かいとこまでなんか覚えてらんないよ。で、クレストが言うには、あいつら……ええと……」

「ファンタン星人」スーが、まるで幼児に言い聞かせるかのように、ゆっくりとくり返した。それとともに途中までしかない片腕が上がり、Tシャツの肩の辺りで布が奇妙な形に盛り上がる。

シャツの下で、でっかい蜘蛛が動きまわってるみたいだ。鼻をすり上げながら、そんなことをシドは思った。彼は眠たくて、ひどく機嫌が悪かった。まあでも、蜘蛛は好きだ。

〝ぼくがテレポート能力者じゃなかったら、今回のファースト・コンタクト作戦に加われってブルに指名されることもなかったんだ。そしたら……おもしろいことに立ち会えないのは癪（しゃく）だけど、今頃テラニアのどこかでソファーに寝転がって、気持ちよく居眠りできたのに〟とはいえ、頭のなかで愚痴を言っていても始まらない。「それでクレストは、あいつらについて何て言ってたの？」

「ほとんど何も」ここではじめて、レジナルド・ブルが会話に入ってきた。「そこが問題でな。俺たちは奴らについて、情報を持ってないってわけだ。クレストは、あの紡錘形の宇宙船がテラニア付近に着陸しようとしてるのを見て、あれはおそらくファンタン星人の船だろうと言った。それだけだ」

「へえ、そりゃすごいや」シドは不平のうなり声をあげた。「そんなの、ぼくだってできるよ。ささっと適当な名前をでっちあげてさ。こんな感じで」少年はわざとらしい作り声をあげた。「あの船に乗ってるのは、ひょっとしたらイェルーン人かもしれぬ――とかなんとか、すごい早口でさ。そしたら、後々ちょっとくらい違ってても、間違いだなんて気づかれやしない」

「ちょっと、どういうつもりよ、シド」スーが怒ったガラガラヘビみたいに食ってかかった。「クレストがそんなこと考えるわけないでしょ」

実のところシド自身も、自分がどういうつもりで言ったのか、よくわからなかった。たぶん、疲れているせいだ。それとも、この奇妙な気持ちのせいだろうか。あらゆることが頭越しに動き、自分の手には負えなくなってしまった感覚。不安。彼の人生。すべてが、めまぐるしく過ぎ去っていく。あの頃の暮らしは、いったいどこに行ってしまった？　シドがまだ、ただのちっぽけなストリートチルドレンだった頃。誰にも顧みられることなく、好き放題ふるまえた、あの頃——。

いつの間にかシドは、最大限控えめに言っても地球上でもっとも重要な人物の一人になっていた。テレポート能力者。未知の異星人とのファースト・コンタクトに際して、真っ先に派遣チームの一員に選ばれるような、そんな存在に。この未知の異星人は、ものすごく異様で途方もなく巨大な宇宙船に乗ってやってきた。そして何の予告もなく、新生都市テラニアの真横に降り立ったのだ。テラニア。ローダンと彼に導かれた夢追い人たちは、平和的で統一された地球の実現を目指し、都市テラニアをその首都にしようと夢見ていた。そしてシドもまた、この「夢追い人」の一人に含まれているのだった。

ファンタン星人の宇宙船は——シドはわざと生意気な態度で、名前を忘れたふりを貫いていたのだが——ずいぶんと奇妙な形をしていた。まるで、頭のいかれた宇宙船設計士とエンジニアが、思いつきで先っぽ半分だけの魚雷をふたつくっつけ合わせたみたいだった。あるいは、レジナルド・ブルの冷静な表現を借りれば、その宇宙船は糸巻き棒のような形、すなわち紡錘形をしていた。もっとも、この表現はシドにはピンとこない。糸巻き棒なんて見たこともなかったからだ。だいたい、こんなに巨大な糸巻き棒が空に浮かんでいるところなんて、地球上の誰も見たことがないだろう。

全長四〇〇メートル。さっきブルが〈ポッド〉をかざして遠隔測定を行ったのち、そう言っていた。四〇〇メートル！　それだけ大きければ、ファンタン星人とかいう異星人を何百人、いや何千人と乗せられる。まさに大軍勢だ。その大軍勢がまずテラニアを、それから次に地球上のすべての大国をペチャンコに叩き潰す——。

たった一撃で、すべて終わりだ。シド・ゴンザレスの、スー・ミラフィオーレの、レジナルド・ブルの、それにその他のヒーローたちの物語も一巻の終わり、ジ・エンドとなる。

そうならないように努めることが、彼ら五人の目的だった。

その五人とは、まずレジナルド・ブル。ペリー・ローダンが不在の間は、彼が一時的にテラニアのトップを務めている。

次に、《スターダスト》の元船医で、クレストの命の恩人でもあるエリック・マノリ。

それから、スー・ミラフィオーレ。実年齢よりもずっと幼く見えるこの少女は、奇妙な異能力をもっている。もちろん、異能力そのものが「奇妙」だと言えばそうなのだが。少なくともシド自身は、自分の能力にまだ慣れることができずにいた。

さらに、一行にはタチアナ・ミハロヴナも加わっていた。つい先日まで、想像しうるかぎりもっとも恐ろしい化け物の手先として、自らすすんで働いていた女だ。彼女の息は常に悪臭がした。ときには酒の匂いも。だがクレストやブルといった面々は、彼女を高く評価しているらしい。

そして五人目が、彼、シド・ゴンザレスだ。シドの本当の名前はチコという。けれど、その名はもうほとんど忘れてしまった。シドはごく普通の少年だ。少なくとも、彼自身はそうでありたかった。超能力を操るヒーローになんて、なりたくてなったわけじゃない。いっぽうで、これから自分たちを待ちうけるであろう展開に、わくわくしているのもまた事実だった。シドは昔から宇宙やSFの大ファンで、まさにこんな瞬間をずっと夢見てきたのだから。

ゴビ砂漠に偏在する灼熱が、辺りの空気を揺らめかせる。大量のロボットによって着々と建設が進むテラニアの建物群を背に、彼らは歩いた。やがて、一行は都市の境界にたどりついた。ここからそう遠くない地点に、ファンタン星人の紡錘型宇宙船が佇んでいる。

そこで彼らを待つのは――

――待つのは……何だろう？　破滅？　敵の軍勢？　それとも、平和を愛するエイリアンが握手の手を差し伸べてくるんだろうか？　ファンタン星人って、どんな見た目だろう？　アルコン人みたいに人型（ヒューマノイド）だろうか？　もしかして、宇宙の生命体は意外とどれも似たような外見をしているのか？　それとも、これから出会うのは知性をもったキノコみたいな生き物で、言葉で意思疎通するかわりに胞子を噴射してきたりして……。

その想像に、シドは思わずにやっとした。宇宙SFコミックの読みすぎかもしれない。知性をもったキノコだなんて、ナンセンスだ。にやにやを抑えきれず、シドはつい吹き出した。

タチアナ・ミハロヴナが彼のほうに身をかがめて尋ねた。「何を笑ってるの、坊や？」

彼女には独特のセクシーさがあった。シドの好みではないし、ちょっと年上すぎるけれど、確かにセクシーだ。それは認める。けれど、シドはどうしても彼女に我慢がならなかった。この女は、クリフォードとぐるだったのだ。シドに長年ひどい恐怖を抱かせ、人生を地獄に変えた、あのミュータントの。「あんたに、わかるもんか」シドは言った。

「まじめになさい。わからないの？　今はとても危険な状況なのよ」

「ふーん、そうなんだ？　じゃあ、なんであいつらは攻撃してこないんだよ？　あんなにでかい船なんだぜ、爆弾の一、二発も落としちゃえばテラニアなんかあっという間に瓦礫の山になるのにさ」

タチアナは言い返そうと口を開きかけたが、結局何も言わなかった。黄色っぽく変色した歯がちらりと覗く。象牙みたいだ、とシドは思った。

「言っとくけどさ」彼は続けた。「こっちはちゃんと、いろいろと考えてるんだよ。あんたはどうかしらないけど――」

「頼むから、ちょいと静かにしてくれ」レジナルド・ブルがさえぎった。自他ともに認めるニュース中毒者の彼は、さかんに〈ポッド〉をタップしている。ときおり顔を上げて巨大な紡錘型宇宙船に目をやる以外は、その視線はほとんど手もとの画面に向けられていた。

「全員、集中しなきゃならんだろ」

シドはブルの手のなかの携帯型デバイスを指さして言い返した。「そういうブルはどうなのさ？」

「彼は後方支援の手配をしてるんだ」エリック・マノリが説明した。「作戦に邪魔が入らないように、宇宙船の着陸地点周辺を広域にわたって封鎖するのさ。そのためには大勢の人間による連携が必要になる。バイ・ジュン将軍やジョン・マーシャルといった、きみよりもずっと経験豊富な人たちのね。すべてにおいて万全に手はずを整えないといけない。だからシド、きみも自分の役割に集中しなさい」

少年はぐっと歯を嚙みしめた。指の間にパチッと火花が走る。だめだ、今はいけない！

「わかったよ」シドはそう言って、ファンタン星人の船を目指してさらに歩を進めた。

タチアナ・ミハロヴナがすぐ隣にやってきた。腕が触れ合うほど近くに。「なぜ笑ったか私にはわからないと、そう言ったわね？」彼女はささやいた。ブルや他のメンバーには聞こえないように。「でもね、坊や。ひとつ忘れてるわ。私はテレパシー能力者よ」

シドは怒りに駆られてタチアナをにらんだ。彼女はただ微笑んでいる。「ぼくの頭のなかから出ていけ！」彼は強く言った。

「大丈夫。あなたの頭に侵入なんてしてないわ。安心して、私は味方よ。常にあなたと同じ側にいる」

「ぼくは別に、どの側でもないさ」シドは口のなかでつぶやいた。タチアナに向けた言葉にではない。突然湧き上がった怒りを吐き出しただけだった。けれど、ひとつ確かなことがある。シドはペリー・ローダンの力になりたい。だからレジナルド・ブルにも協力する。ファンタン星人の宇宙船から地球を救うことが自分の役目なら、言われたとおりその役目を果たそう。そのためなら、このロシア女とだって協力してやる。

「さてと、あの宇宙船のドアを力強くノックする前に、ひとつ確認しとくぞ」ブルが一同に声をかけた。「クレストは、あの宇宙船に見覚えがあると言っている。より正確には、あの型の艦船を知っているということだ。あれは、今はもう廃船になったアルコンの旧式輸送船だそうだ」

「え？　ファンタン星人の船じゃないの？」スーが声をあげた。

スーときたら、ほんとに何にも知らない子供だな！「聞いてなかったのかよ」シドはもったいつけて言った。「廃船になったって言ったろ。たぶん、ファンタン星人が中古の船体を買い集めたんだ」

ブルは〈ポッド〉をズボンのポケットにしまった。「それとな、もっと重要なのは、あの巨大船が戦艦じゃないってことだ。もちろん、だからって船内にいるのが侵略をもくろむ敵じゃないとは言い切れんが、まあ希望は出てきたな。そして希望ってのは、いつでもありがたいもんだろ」

「ええ、そうだわ。希望は決して、失望に終わることはない」タチアナが独特のアクセントでそう言った。

なんだか聞き覚えのあるフレーズだ、とシドは思った。どこかで聞いた気がするが、思い出せない……いや、そんな些細なこと、今はどうでもいい。

〝変な感じだ。これから未知の生命体と初めて対面するっていうのに、おかしなことばっかり考えて、どうでもいいことばっかり喋ってる〟シドは思った。人間の心というのは、想像を絶することから意識をそらすという点では実に創意に富んでいるようだ。

五人はさらに宇宙船に近づいた。そして、ブルが文字どおり金属製の船体を力いっぱいノックしようとしたそのとき——鋭い金属音が響いた。地面すれすれまである隔壁が、ゆっくりと、ゆっくりと横にスライドしていく。

扉の向こうに見えてきたのは、シドがこれまで見たこともないような奇妙な「何か」だった。

レジナルド・ブル

未知の船体の隔壁がゆっくりと開いていく間に、レジナルド・ブルは頭のなかでもう一度、すべての項目に「済み」のチェックマークを入れていた。

我ながら、実に迅速にチームを編成できた。ろくに検討する時間もなく、人員のえり好みもできない状況でだ。なにしろ、選抜メンバーは現時点でテラニア内部にいる者、しかも、距離的にすぐ近くにいる者に限られていたのだから。そのわりには、満足のいく顔ぶれを選抜できたとブルは思っている。

まず、タチアナ・ミハロヴナ。未知の生命体の意図を探るうえで、テレパシー能力者である彼女の重要性ははかり知れない。チェック！

次に、シド・ゴンザレス。テレポート能力者であり、もしものときには彼ら全員を安全な場所に逃がしてくれる、まさに生きた脱出路だ。チェック！

スー・ミラフィオーレ。他のミュータントの超能力を増強してくれるうえ、まだ年若いにもかかわらず賢い助言者でもある。チェック！

エリック・マノリ。紡錘型宇宙船の船内環境が地球と異なる可能性もあるため、医者である彼の存在は欠かせない。そして何より、マノリはブル自身に欠けている冷静沈着さを備えた男だ。チェック！

それに、バイ・ジュンやジョン・マーシャル、アラン・マーカント、レスリー・パウンダーといった信頼のおける面々。彼らは仕事の何たるかを心得ており、ブルに代わって紡錘型宇宙船の着陸地点周辺を封鎖してくれている。チェック！

じっくり考える時間は、もう残っていなかった。どのみち、あっても役には立たなかっただろうが。この異星人がクレストの推測どおりファンタン星人であろうとなかろうと、こちらとしては相手の出方を待つ以外に打つ手はないのだから。

隔壁が開き、その向こうに「何か」が見えた。

いや、それとも――「誰か」か？　あの「何か」がファンタン星人なのだろうか？　口の端まで出かかっていた自己紹介と気さくな挨拶の言葉が、喉の奥にぐっと引っこんだ。ブルが言葉を失うことなど、めったにない。だが、その光景はあまりにも理解の範疇を超えていたのだ。

その物体――とっさに頭に浮かんだその表現に、ブルは若干の後ろめたさを感じた――は、ちょうど人間と同じくらい、二メートルに届かない程度の高さがあった。だが、人間やアルコン人との共通点は、このあまりに全般的でおおまかな特徴が最初で最後だ。それは、細かなうろこに覆われて、先端が丸みを帯びた円筒のような姿をしていた。

それ……あるいは、彼。または、彼女。ファンタン星人に男女の区別があるかは知らないが――。ブルの耳に、エリック・マノリの驚愕のうめき声が届いた。シドの息詰まるようなあえぎも。視界の端で、少年が一瞬よろめいたのが見えた。

〝あの子にはショックが

デカすぎたかもしれんな。俺にさえショックすぎるってのに……〟

その姿は、大昔の白黒SF映画から抜け出てきたようにも、現代の完璧な技術で3D再現されたホラー映画の化け物のようにも思えた。いずれにしても、現実にいていい存在ではないはずだ。《スターダスト》帰還後の、アルコン人や超光速宇宙船――ローダンはそれに乗って、二七光年先の隣の星系に向かったのだ――がぞろぞろ出てくる時代にあっても、である。

円筒形の胴体の上半分には、暗い穴のような開口部がいくつかあいていた。あれはもしや感覚器官だろうか、とブルは考える。口や、ひょっとしたら鼻や耳や目かもしれない。四肢のようなものが、本体の明らかに不規則な位置から突き出している。手足らしきそれは、全部で五本……いや、六本。そのうちの二本が円筒形の胴体を支えており、さらにもう二本は、ブルにはよく見えない何かをつかんでいた。異星人が身をかがめたことで、それが太陽の光を受けてきらりと金属的に輝いたのが見えた。

次の瞬間、残り二本――ブルは手だと推測していた――のうちの一本に、ファンタン星人が体を乗せる。円筒形の体全体が隔壁の縁からぴょんと跳ね――そして、ゴビ砂漠の砂上に降り立った。

〝彼にとっては小さな一歩だが、ファンタン星人にとっては大きな一歩だ〟ブルの頭にふと、そんな言葉が浮かんだ。この状況下でいかにも不謹慎だというのに、危うく吹き出しそうになる。だが次の瞬間、奇妙な光景が再びブルの目を釘付けにした。

二体目の円筒が、開いた隔壁の向こうに姿を現したのだ。最初、ブルには一体目と二体目がほとんど同じに見えた。まるっきり瓜ふたつの容貌だ——まあ、顔がないので「容貌」は言いすぎかもしれないが。しかし、よくよく見れば、二体には明らかな違いがあった。二体目にも手足らしきものは六本あるが、その位置が一体目とまったく違っていたのだ。もしかして、あの肢は胴体のあちこちに自在に移動できるのか？　それとも、生まれつき個体ごとに肢の生える位置が違うのだろうか。そもそも、彼らに「生まれる」なんて概念はあるのか——？

疑問が次々とブルを襲った。彼はあらためて痛感していた。宇宙が擁する真の驚異を、自分はまだこれっぽっちも理解していなかったのだ。人類は自らを知識と教養ある存在と考え、とてつもなく賢いと思いこんできた。けれど、そんな考えは改めねばなるまい。人はちっぽけな砂粒だ。周囲をとり巻く広大な砂漠の存在すら知らずに、すべてを知ったつもりで得意になっている。

そのとき突然、船から降り立った異星人の手から何かが放たれた。ブーン、という低いうなりとともに、それはブルたち一行のほうに向かってくる。

シドが叫び声をあげた。ブルの視界の端で、火花がほとばしる。「だめだ、跳ぶな！」

彼は少年に向かって叫んだ。真に危険が迫るまでは、相手に手のうちを晒すわけにはいかない。こちらに向かって飛んでくる何かは、弾丸にしてはスピードが遅すぎた。

小さな銀色の円盤のようなものが、ブルたちの目の前の地面にぽとりと落ちた。昔よく見たCDみたいだ、とブルは思う。

彼はかがみこんで円盤を拾い上げた。ひんやりとした感触。そのとたん、ブルの全身に悪寒が走った。ついさっきまでこの物体を触っていたのが、異形の異星人だったことを思い出したのだ。もしあの生命体が、触れるだけで異星のウイルスやバクテリアを感染させる能力を持っていたとしたら――。

だが、彼は即座にその考えを却下した。こちらを殺すつもりなら、もっと簡単な方法があるはずだ。あの巨大船でテラニアのど真ん中に着陸するだけで、すべてを押し潰せるのだから。だが、まてよ。ファンタン星人が自身も気づかないままに、人間を死に至らしめる病原菌を保持している可能性だってある。いやいや、彼らはこれまでも宇宙の他の惑星を訪れているはずだ。そういった凡ミスは犯さないだろう……。

ブルのなかで思考がぐるぐると超高速で駆けめぐった。頭のなかで堂々めぐりの議論を続けているうちに、気づけばすでに仲間全員が銀色の円盤を拾い上げているではないか。エリック・マノリまでも。〝……とりあえず、もしものときは全員アウトってわけか〟とブルは思った。

そのとき、ファンタン星人が何やら意味のわからない声音をあげはじめた。はっと目をやるブルの手のなかで、円盤が細かく震えだす。かすかなリズムを刻むように。異星人が肢のうちの一本を掲げた。その先端には、同じく銀色に光る円盤がある。ファンタン星人はそれを円筒形の胴体にぴたりと押しつけた。ぽっかりと空いた暗い穴のすぐ下に。

それは明らかに、無言の要求だった。ファンタン星人は、こちらにも同じようにするよう求めているのだ。

ブルは一瞬たりとも躊躇しなかった。毒を食らわば皿までだ！　彼は銀色の円盤を胸もとに押しつけた。そして、手を離しても円盤が胸にくっついたままであることに、もはや驚きもしなかった。手にした感じでは粘着性などまったくなかったというのに。

次の瞬間、意味不明だったファンタン星人の声が、完璧に明瞭な、訛りのない英語に変化した。〝翻訳機か！〟ブルは悟った。〝この円盤は自動翻訳マシンだったんだ〟そこではじめて、ブルは異星人が発する言葉を理解した。未知の生命体が人類に投げかけた最初のメッセージ。それは、とてつもなく奇妙なものだった。「我々に、何の用だ？」

何の用だ、と言ったのか？　奴らが、俺たちに？　ブルは何が何だかわからなかった。

「そりゃまさに、こっちが聞きたいぜ！」彼は大声で言い返した。

そのとき、紡錘型宇宙船から十数体もの何かが飛び出してきた。全長数メートルほどの、皿のような形の物体。搭載艇だ。それらは上空で散開し、あらゆる方向に飛び去っていく。周辺の地域――いや、それどころかおそらくは国中、あるいは世界中を目指して。

〝やはり侵略だったってわけか〟ブルは苦く思った。だが、まだだ。まだ完全に事態が決したわけではない。彼は拳をかためた右手を銀色の円盤に強く押しつけた。そうすることで、異星人とのコンタクトを増強しようとするかのように。「ひとつ、言っときたいことがある！」そう、レジナルド・ブルという男は、そう簡単に屈しはしないのだ。

3

過去の出来事

リコ

生命の灯とは、精子と卵子が結合した瞬間にともるのではない。出生の瞬間も、やはり違う。その生命体がいかに出生するかにかかわらずだ。母胎から押し出されるにせよ、卵殻を突き破るにせよ、本体から切り離され、独立した神経系を形成するにせよ。あるいは、この広い宇宙で純生物学的な生命体が繁殖のために用いる、その他のあらゆる生物的プロセスにせよ、だ。

違う、そうではない。私という存在の灯が再びともされたのは、自動修復システムが私の無機的な構成パーツに少量のエネルギーを流しこんだ瞬間だった。エネルギー源として使われたのは、私が詰めこまれていたリュックサックの化学繊維だ。私は、これに入れられて廃棄されていたのだ。自動修復システムはその物質を分解し、変換し、そうして基礎的な再生機能を起動した。その瞬間、私の意識に最初の思考がはっきりと流れこんできた。

——リコ。

私の名。

それは必然的に、ひとつの問いにつながる。すなわち、私は「何者か」であり得るのか、という問いだ。私は生命を宿す個体なのか？　残念ながら、そうと断言はできない。なぜなら生命体は通常、血と肉でできているからだ。少なくとも、私のモデルである人型生命体はそうだ。ひるがえって我が身を見下ろせば、そこにあるのは金属の塊と、さも人間の有機的肉体のように見せかけた何かのみ。

そこそこ出来の良いコピーであることは確かだ。今でこそ、惨めなありさまではあるが。というのも、私の「肉体」は——この金属とスクラップ部品の山を、あえてそう呼ぶならば——ばらばらの状態で砂漠のどこかの岩陰に放り出されていたからだ。

私はこの場所に隠されたのだと、自動記憶ユニットが教えてくれた。このユニットは、私が意識を失っている間もずっと稼働している。あるいは、「私が機能停止している間」と言うべきだろうか。これは、現状をどのような前提から解釈するかによって異なるだろう。些細な、しかし本質的には非常に大きな違いだ。

さて、誰かが私の残骸をこの場所に隠してから、まだそう長い時間は経っていない。私を廃棄した人間たちは逃亡した。その後、自動修復システムが起動し、利用可能なあらゆる手段とエネルギー源を投入して覚醒プロセスを加速化したのだ。

思考に続き、第二フェーズとして光がまたたき、視覚が回復した。もっとも目に入った光景はさして役立つものではなかった。岩陰内部の様子がひたすら視界に映るのみだ。

――いや、待て。何かいる。虫だ。複数の脚と、キチンを主成分とする甲殻をもった、明らかに知性を宿さぬ存在。甲虫――その名は唐突に脳裏にひらめいた――は、ちょうど私の手に向かって這い寄ってくるところだった。より正確には、やがて私の右手になるであろう、ぐしゃぐしゃに潰れたスクラップ片に向かって。

まもなく接触の見込み、と自動修復システムがわかりきったことを告げた。言われずとも、見ればわかる。

接触。指が甲虫をつかむ。キチン質の甲殻がパキッと音を立てて割れた。私はその生体物質を我が身に取り込む。利用率は九九・五三パーセント。そう悪くない。あとに残ったのは、粉々に砕かれた、砂漠の砂粒よりも細かな何かのみだった。

しかし、いかに効率的に摂取できたとはいえ、ちっぽけな昆虫一匹では今の私には〝焼け石に水〟だ。この惑星の住人たちがよく使う言い回しである。彼らはこういった言語表現を好んで多用するのだ。いかにも非効率的だが、どこか魅力を感じざるを得ない。それとも、私がこういった無意味な言語要素に惹かれるのも、体内に取り込んだ生体部位のもたらす能力なのだろうか。

微量の有機物質から得られたエネルギーのおかげで、体の一部がいくらか稼働可能になった。正確には、私の「右手」が。体がバラバラに引きちぎれていることが、ここで多少は有利に働いた。私は指で引きずるようにして「右手」を移動させ、大きな岩の転がる窪みまでもっていく。経験によれば、おそらくここには……。

やはり、当たりだ。私の右手は金脈を掘り当てたようだ。岩陰の窪みには、無数の甲虫がうじゃうじゃ蠢いていた。何匹か幼虫もいる。幼虫を構成する白身には、エネルギー源として有用なタンパク質やアミノ酸が豊富に含まれているのだ。

その間にも、自動修復システムは絶えず稼働し続けていた。もうじき私は、考え、見るだけでなく、聞き、感じ、さらには話すことも可能になるだろう。もっとも、話すという能力は目下何の役にも立たないが。

無数のケーブルが伸び、互いに連結し合い、バラバラだった肢体をつないでいく。さらに幸運なことには、何かが近づいてきたようだ。人間ではない何かが。

それは堂々たる体つきをしたジゲタイの個体だった。頭を下げて鼻をフンフンいわせている。もし、この動物にほんのわずかでも思考能力があったならば、きっとこう考えていることだろう。目の前の砂上に落ちている、あれはいったい何だろう、と。

記憶メモリが猛然と語りだした。ジゲタイ、学名はEquus Hemionus、別名アジアノロバ。体長は成体で通常二メートルほど。Equus Asinus、すなわちアフリカノロバに似るが、ウマ属特有の特徴を数多く有する。オナガー、クーラン、クーなど地域によって異なる通称をもつが、この惑星の当該地域においては、ジゲタイと呼称される。

無意味な情報の羅列がさらに続く前に、頭の中で鋭くストップを命じる。代わりに、私はふさわしいタイミングをじっと待った。昆虫を追いまわしていた右手が、肉体の最後の断片として残りの部位と結合する。条件は整った。

自動修復システムの情報によれば、このアジアノロバが接近してくるまさにそのタイミングで私が目覚めたのは、当初考えていたような偶然ではないらしい。システムは遠距離から動物の接近を検知したため、私を呼び覚まし再起動させたのだ。

「おいで」私は人間の老人を模した低い声でささやいた。

ロバは前蹄を上げ、それを私の体のすぐ脇に下ろした。鼻孔を膨らませ、フンフンと匂いを嗅いでいる。あるいは、自らを待つ死の匂いを感じ取ったのか。私はすばやく身を起こした。一息で飛びかかり、胴体に腕をまわしてしがみつく。

ロバは哀れな鳴き声をあげ、逃れようと駆けだした。私を引きずったまま。がっしりとした腹にぶらさがった私の体は、疾駆する四本の脚の間で激しく揺れた。

やがて、ロバは立ち止まった。ここならば、元いた地点からはじゅうぶん離れている。私を捜しにやってくる人間たちも、ここまで痕跡を追うのは困難だろう。

哀れみと感謝の入り混じった思いで、私はロバの頸部に確実な一撃を加え、その息の根を止めた。苦しみを長引かせないように、肉に指を突き立て、一瞬で脊髄を断ち切る。

それから、すぐに再生プロセスを続行し——

——それを、むさぼり喰った。

4

見知らぬ者の苦難

タコ・カクタ

記憶のなかの母親の顔が、はじけて消えた。子供の頃、父親が毎晩かけてくれた三枚掛けの布団の下で深い眠りに落ちた記憶も。何年ぶりだろう。こんなにも深く、鉛のように眠るのは……。

ただし、それはあの頃の眠りのように幸せでも、疲れを癒すものでもなかった。真っ黒い獣の鉤爪が、彼を緩慢な意識混濁へと引きずりこんでいく。死が衣をはためかせて急速に近づいていた。タコ・カクタは先ほど聞いた声を思い出す。彼の名を呼ぶ、ペリー・ローダンの声。それから、顔のすぐそばに感じたラス・ツバイの息づかい。ラスの声は、タコがまだ生きていると告げていた。

どれも、ついさっきの出来事だ。彼を苛（さいな）んでいた悪夢が、ふっと消える。そしてタコは目を開けた。

頭が痛い。そこではじめて、彼は自分が目覚めた理由を理解した。突き刺すような信号音が鳴り響いていたのだ。それは《グッド・ホープ》の司令室にこだまする警報だった。

「こいつを止めてください、トーラ！」ローダンがそう言うのが聞こえた。

それとほぼ同時に警報が鳴り止み、続いてアルコン人の震えるような声が告げた。「艦数、およそ五〇〇……！」呆然とした声だった。「大規模な侵攻艦隊よ！　これだけの規模の戦艦を投入するには膨大なリソースが必要なはず……」

タコは手を顔に当てた。指が震えている。小柄な日本人は、額の汗を拭った。冷えきった脂汗のべとつく感触を指に感じながら、上半身を起こす。船内の全員がアルコン人を凝視していた——いや、違う。その視線の先にあるのは、彼女の胸の高さに浮かぶホログラム映像だった。

「こいつらは何者です？」ローダンが尋ねた。

トーラは答えない。その手は仮想コンソールの上を飛ぶように動いていた。「恒星近辺の惑星群に向けて航路をとります。敵から離れなくては」

——敵？　タコはついに立ち上がった。めまいで足をすくわれそうになるが、何とか耐える。このときようやく、彼は口のなかに広がる鉄のような血の味に気づいた。腫れあがった舌の右側がずきずきと痛む。

アンネ・スローンが振り返った。褐色の髪の間に差し込まれた指が、髪の根本を所在なげにまさぐっている。

「何が起こっているんだ？」「気がついたのね」気絶してからはじめて発する声に、喉が痛んだ。ひりつく感覚が喉に残り、咳き込みそうになる。

「艦隊が」アンネはうつろな声で答えた。常日頃の外向的な活発さは影を潜めている。「大規模な侵攻艦隊が、急に姿を現したの」

「攻撃してきたのか？」

「いいえ、まだ動きはないわ。でも、これからどうなるか……」アンネはそこで言葉を止めた。トーラが再び話しだしたからだ。振り返ったアンネの背中をしばし見やったのち、タコもまたトーラに視線を移す。

「《グッド・ホープ》はこれより、人口密集エリアである第七から第九惑星のさらに内側、第三惑星に向かいます。この惑星の月は身を隠すのに適した位置にある。月の陰に入れば、当面は敵艦隊のレーダーに捕捉されずにすむわ」

「そこまで行けば、安全なのか？」ロッド・ニッセンが尋ねた。マラソンをやっているというニッセンはガリガリに痩せている。その体型ゆえか、タコは初対面のときから彼に神経質でせかせかした印象を抱いていた。

トーラは吐き捨てるように笑った。その目には涙が浮かんでいる。「五〇〇近い戦艦の群れを前にして、安全でいられる場所など宇宙のどこにもないわ！　しかも私たちが乗っているこの搭載艇は、あなた方人類のミュータントがたった一人で壊滅寸前に追いこめる程度のちっぽけなもの。したがって、安全かどうかなど愚問よ」

ローダンの思考回路はずっと実際的だった。「何か我々にできることは？」

アルコン人からの返答はにべもない。「ないわ。ただじっと状況を見て、重大な危機が迫る予兆をキャッチしたら、まだ逃げられるうちに即座に退却する。それだけよ」

そのとき、新たなホログラム映像が浮かびあがった。光輝く画素が集まり、見たことのない宇宙船の姿を形づくっていく。それは細長い円筒の中央部に球体が配された形状をしていた。映像の横を、膨大なデータ数値がひっきりなしに流れていく。トーラはその部分を指さしながら、アルコンの数値を地球の単位に換算した。「大半が全長二五〇メートルの艦艇です」

タコ・カクタは知らず知らず拳をにぎり締めていた。一隻をとっても、全長たかだか六〇メートルの《グッド・ホープ》と比べれば巨人に等しい。彼は自身の状況を呪った。意識を失っていたせいで、ヴェガ星系に至った直後の状況がまったく把握できていない。あの艦隊は、どこから現れた？　この星系に生命の兆しはあったのだろうか？

だが、今はあれこれ質問すべきときではないことも、彼はまた理解していた。それに、トーラやアンネ・スローンの反応を見るかぎり、現時点で多くを知る者はいないようだ。

ホログラム映像が再び形を変えはじめた。やがて、別の艦影が形づくられていく。先ほどの船とよく似た、しかし……もっと猛々しく、ずっと巨大な。

「全長八〇〇メートル……」トーラが鋭く息をのんだ。「この侵攻艦隊には、八〇〇メートル級の艦艇が何隻も帯同している。巨大戦艦、それに部隊輸送艦も……。一刻も早く、この星域から離脱すべきよ！」

「いや、待つとしよう」ローダンはきっぱりと告げた。「何が起こっているのか、確認しなくてはならない」

「何が、ですって⁉」トーラは言い返した。「あなた方人類の言葉にもあるでしょう？その真の意味をこれっぽっちも理解せずに、あなた方が使っている言葉が。――終末(アポカリプス)が、迫っているのよ！」

それはあまりにも芝居がかった、大げさな表現ではないか、タコは最初そう思った。しかし、すぐに理解した。今この星系に迫りつつある事態を、これ以上的確に表す言葉はないのだということに。

船外の宇宙空間をとらえたホログラム映像には、想像を絶する無数の大艦隊が映し出されていた。そこに、まるで虫が群れをなすように、ヴェガ星系の居住星やその衛星の周回軌道から続々と宇宙船が飛び出してくる。その船は、どれも銀線細工のように華奢だった。船体はほっそりと長く、明らかに惑星への着陸を想定して設計されたものではない。似たようなタイプの宇宙船を、あるいは人類もいつの日にか造っていたかもしれない、そう思わせるような船だった。——もしも、地球にアルコン人が現れることなく歴史が続いていたら。もしも、人類が自身や自らの居住星を壊滅させることなく未来を歩んでいったならば。艦船のなかでもひときわ大きな宇宙船は、全長が一キロメートル以上はあった。その長い船体が長軸を中心に回転している。おそらく、そうすることで乗組員向けに一種の人工重力を発生させているのだ。

いっぽう、侵攻側の艦隊は第一一惑星の公転軌道上に集結しつつあった。そして、その場でじっと待機している。攻撃に転じる様子はない。

「両陣営の艦隊数はほぼ同等です」トーラは前方に浮かぶ仮想ディスプレイを指し示した。そこには、星系の状勢を図示するグラフィックが映し出されている。侵攻側か防衛側かにかかわらず、すべての艦船がシンボルで示されていた。複雑に入り組んだアルファベットの「g」のようなシンボルである。ただし、ヴェガ星系側は青、侵攻側は赤だ。

「しかし数の上では同等でも、侵攻側の艦船はずっと巨大。したがって、その戦力もより強大であると推測されるわ」

トカゲどもに見つかった——。ふと、あの文言がタコの脳裏に甦った。悪寒がせり上がってくる。ヴェガ星系を今まさに蹂躙しようとしている巨大な破壊の力。その威力を、彼は今実感したのだ。これから起ころうとしているのは、世界規模（グローバル）をはるかに超えた途方もない規模の戦争だ。なぜなら、滅亡の淵に立たされているのは、世界、すなわち惑星ひとつでは済まないのだから……。それとも、ヴェガ星系の住人たちは故郷を守りきれるのだろうか？　もしかしたら彼らの側にも、何か強力な兵器が存在するかもしれない……。しかしどちらに転んでも、待っているのは大量殺戮だ。あるいは――トーラの表現を借りるならば――〝終末〟。

「月周辺の目的地点に到着」トーラが告げた。「すでに準備は整っています。いつでも退却できるわ」

「ええ、そうしてください、トーラ」ローダンが言った。その言葉に、タコは今の今まで自分でも気づかずにいた胃の辺りのつかえが、すっと軽くなるのを感じた。汗が再び肌を伝う。先ほどとは違って、今度はさらりとした汗が首筋を流れていった。しかし、続くローダンの言葉に、彼は自分の誤解を悟った。

「準備を整えて、待機を。そして、できるかぎり情報を集めましょう。そうすれば、あるいは……」ローダンはそこで言葉を切った。

その続きを、誰も問いただそうとはしなかった。だが彼が何を言おうとしたのか、タコにはわかる気がした。かつてアメリカの宇宙飛行士だったこの男の人となりを、タコはじゅうぶん理解しているつもりだ。〝――そうすれば、あるいは手遅れになる前に介入できるかもしれない〟

それが、今ローダンの心中を駆けめぐる壮大な希望に違いなかった。タコとて同じ思いだ。とはいえ、今の彼らは手足を縛られたも同然だ。地球では無敵であろう《グッド・ホープ》も、この宇宙戦場においては強大な軍勢の真ん前に放りだされたちっぽけな小舟にすぎない。今この瞬間にも、ふたつの戦線の間ですり潰される運命かもしれないのだ――。

そう思った次の瞬間、第一撃が放たれた。そして、宇宙戦争が幕を開けた。

ペリー・ローダン

ローダンはホログラムを凝視していた。たった今、その映像上で青いシンボルがひとつ消えたのだ。ヴェガ星系側の華奢な宇宙船を表していたシンボルである。

シンボルの消失は、艦船の爆発を意味していた。すなわち、乗員全員の死を。おそらくは何十名、いや、もっと多くの知的生命体が命を落としたにちがいない。星系を越えて、緊急信号を発してきた彼ら。途方もない戦争が起こることを確信し、恐怖していたであろう生命たち。両艦隊の戦線が接近していき、青いシンボルがさらにもうひとつ消えた。続いて、三つ、四つ。

ペリー・ローダンはその光景を見つめながら、これまでに感じたことがないほどの無力感に襲われていた。《スターダスト》の月面ミッションで、仲間とともに窒息死の瀬戸際に立たされたあのときよりも。あのときは結局、不時着していた《アエトロン》のおかげで、彼らは死の運命から救われたのだった。だが今、この状況下で、そうした奇跡は望むべくもない。

八つ目のシンボルがかき消えた。

「トーラ」ローダンは言った。それ以上は言えなかった。唇が氷のように冷えきっている。

「私たちにできることは、何もありません」トーラは再びそうくり返した。彼女は両手をみぞおちに強く押しつけていた。指先が制服の布地に穴を穿たんばかりに食い込み、体がひきつったように固まっている。驚愕しているのだ。

そのとき、無線通信が入ってきた。トーラが無線をスピーカーに回す。耳慣れぬ未知の言葉が船内に響いた。搭載コンピュータによる言語分析がまだ不十分なのだろう。けれどひとつだけ、はっきりとわかることがあった。——これは緊急通信だ。助けを求める、絶望の叫びだ。

両陣営の戦線が第一二惑星の軌道上で混じりあう頃には、すでに一七のシンボルが消滅していた。レーダー画面上の輝きが、ひとつ、またひとつと失われていく。

侵略側が最初の一隻を失うまでに、防衛側は艦船四七隻を跡形もなく葬り去られていた。無力感がローダンを苛む。なすすべもなく、ただ見ていることしかできないというのは、恐ろしいことだった。今この瞬間にも、無数の知的生命体が死んでいく――。目の前の戦争の背景はローダンにはわからない。だが、その光景は彼を骨の髄まで震撼させた。

手遅れになる前に《グッド・ホープ》でこの場を逃げ去ることが賢明だということは、ローダンにもよくわかっている。これから数分後、数時間後に何が起ころうと、それは彼らの手におえる事態ではないだろう。そして何より、地球において問題が山積している今、対立に巻き込まれることは絶対に避けるべきだった。

それでもなお、ローダンは躊躇した。いや、それ以上だ。彼には、逃げることができない、かった。目をそらしてヴェガ星系とその住人たちを見捨てることなど、決して許されない。この場にめぐりあわせたのが運命だろうと、摂理だろうと、あるいは宇宙の気まぐれだろうと――見て見ぬふりなどできなかった。今ここで何が起きているのか、突き止めなくてはならない。

「トーラ」再びローダンは言った。今度はきっぱりと、決然とした声で。「主惑星に接近する必要があります」

トーラの瞳が炎のように赤く燃えあがった。純然たる怒りの赤だ。「馬鹿げたことを！まだわからないの？　そんなことをして、何の役に立つというのです！」

その問いは、まさにローダンが予期したものだった。はたして、何の役に立つというのか？　どのみち彼らには、この戦いに介入してヴェガ星系の住人たちを助ける力などないというのに。しかし、ローダンにはその問いに対する答えがすでに見えていた。はっきりと明確に。それは彼らの今後の行動を決めるに足る、力強い説得力をもっていた。

「今この星域で起こっていることは、明日にでも我々の太陽系でくり返される可能性があります」彼は説明した。「宇宙規模で見れば、ここから地球までは目と鼻の先だ。特に、あの侵略者たちの力をもってすればね。あの強大な戦力が地球に襲いかかったら、人類は終わりです。我々の防衛力はヴェガ星系のそれにすら遠く及ばないでしょう。ヴェガ星系の住人は、人類よりずっと優れた生命体だ。にもかかわらず、彼らは侵略者の前になすすべもなく敗れ去っている」

ローダンの説明に、息詰まるような沈黙が流れた。それを最初に破ったのは、タコ・カクタだった。「あなたの言うとおりだ」声を絞り出すのがやっと、という様子で彼は言った。「情報が必要、というわけか」

トーラは意見を述べようとしなかった。ただ凍りついたように、彼女にしか理解できない仮想ディスプレイ上の通知を見つめている。「ひとつ、方法があります」ようやく、彼女は口を開いた。「多くの、ずっと多くの情報を得られる方法が」

やはりな、とローダンは思った。トーラはこの「ゲーム」におけるジョーカー的存在、重要な変数なのだ。彼女は、つい先日まで人類には想像すらできなかった事柄について、はかり知れない貴重な知識と経験を有している。そもそも、これだけの規模の宇宙戦争に巻き込まれるなど、少し前のローダンには想像さえできなかったのだ。

ローダンは顔を上げ、促すようにトーラを見つめた。

先ほどまではローダンと同じく麻痺したように立ち尽くしていた彼女だが、今、その表情に驚愕の色はない。瞳に燃えていた怒りも消えていた。あの怒りはおそらく、無力な自分への絶望感を吐き出すための、単なるはけ口だったのだろう。

それとも、そうした見方はあまりに人間的フィルターが強すぎるだろうか？　トーラ・ダ・ツォルトラル。この誇り高く冷たきアルコン人女性のことを、自分ははたしてどれだけ理解できている？　彼女は確かに変わった。けれど、だからといって彼女自身やその目論見を完全に理解できたと考えるのは、あるいは早計かもしれない。ひょっとして、トーラは何かを隠しているのではないか。この星系に到達した直後、ローダンはふと、ある印象を抱いたのだった。トーラにとってヴェガ星系は、彼女がそうと主張するほど未知の領域ではないのではないか。彼女はこの星系について多くを知っている、あるいは、少なくとも何かを予感しながら、それを口にせずにいるのではないか――。彼女の意図は、いったいどこにある？

「ポジトロニクスが」トーラは言った。「先ほどの無線通信の言語解析と翻訳に成功しました。やはり緊急通信です。けれど、通常のそれではないわ」

「というと？」

「この通信は、救命カプセルからの救難信号です。生存者を乗せたカプセルは大半がすでに破壊されたようだけれど、この一機はまだかろうじて信号を発している。位置測定データによれば、損傷しているものの全壊は免れたようね」トーラは深く息を吸い込んだ。「カプセルはこの宙域のすぐ近くを漂っています。急がなくては。《グッド・ホープ》で近くまで向かいます」

ようやく、チャンスが訪れたらしい。ただ見ているだけでなく、具体的に行動できるチャンスが。「宇宙服を装着する」ローダンは告げた。「ダーリャ、一緒に来てくれ！」

ロシア人の女性宇宙飛行士はうなずいた。よけいな会話や質問は一切ない。事態は切迫しており、一秒一秒が貴重なのだ。

「ペリー！」声を上げたのは、アンネ・スローンだった。ローダンはすでに装備格納室に急ごうとしていた。格納室には数体のアルコン製宇宙服と戦闘スーツが格納されている。かつては充実していたであろう装備品の、わずかばかりの名残である。「自分に宇宙経験がないことは、よくわかってるわ」テレキネシス能力者は言った。「でも、破損した救命カプセルを操るのなら、私の能力が役立つかもしれない」

その声に込められた決意を、ローダンは確かに聞いた。すばやい決断を迫られることには慣れている。NASA時代の彼は、その迅速な決断力で知られていたのだ。ローダンはうなずいた。それからすぐに、彼らは装備格納室に急いだ。メンバーは三人ではなく、総勢四人。なぜなら、テレポート能力者であるラス・ツバイもまた同行を決意したからだ。生存者を救命カプセルから救い出す。彼らはそう覚悟を決めていた。

そして、《グッド・ホープ》を離れる覚悟も。

5

ファースト・コンタクト

シド・ゴンザレス

シド・ゴンザレスは思い出していた。ついさっきまで、知能をもったキノコが紡錘型宇宙船で待ち受けているのではないか、なんて夢想していたことを。くだらない妄想だと、そのときのシドは思った。そして事実、そのとおりだった。ただし、そのとき考えていたのとはまったく違う意味で。というのも、現実はそんな妄想すらくだらなく思えるほどに、もっとずっと奇妙だったからだ。知能をもったキノコ程度なら、多少の漫画好きならすぐに思いつく。けれど……こいつは何だ？　この、うろこに覆われた円筒みたいな奴らは。

こいつらに比べたら、今手にしている銀色の円盤のほうがずっと現実的に思えた。確かに、これだけ高性能な翻訳機など少し前までは非現実の極みだったかもしれない。けれどアルコン人の能力を知った今となっては、もはや何が来ようが、そう簡単に驚くシドではなかった。まあそれはそれとして、この翻訳円盤(ディスク)は返せと言われても絶対に手放さないぞ、と心に決めてはいたが。

「ひとつ、言っときたいことがある!」隣に立つレジナルド・ブルが、謎の生命体に向かって呼びかけた——いや、怒鳴った、と言ったほうがいいだろう。シドには、ブルの驚愕が、その恐怖がまざまざと感じとれた。つい今しがた、紡錘型宇宙船から搭載艇の群れが現れ、あらゆる方角に飛び去っていったのだ。おそらくブルは、あの小型搭載艇が世界の主要都市の上空に陣取り、総攻撃を開始するのではないかと危惧しているのだろう。

けれど、シドには彼らがそこまで危険な連中には思えなかった。ファンタン星人は確かに一風変わった異様な見た目だが、シドに言わせれば別に怖そうにも、危険そうにも見えない。恐ろしげなモンスターという感じではないのだ。もちろん、外見だけでは善悪の判断などつかないに決まっているが、でも……シドには直感でわかる。だいたい、彼らの目的が破壊なら、なぜ前もって主艦で着陸したりするんだ。それに何より、シドはわくわくしていた。まるで、いつも夢見ていた輝かしい未来にいるみたいだ。

「地球は俺たちの星だ!」ブルが呼びかけを続けている。「あんた方を好意的なゲストとして歓迎したいのはやまやまだが……いったい何の権利があって、あの搭載艇を——」

「お静かに」円筒形の生命体がブルの言葉をさえぎった。二体のうち、船から降りたほうの一体である。うろこに覆われた胴体に開いた黒い穴のひとつが、わずかに開いたように見えた。おそらく、あれが口だ。すごいぞ、とシドは思った。少年の指が銀盤の縁をまさぐる。いっそ、あの宇宙船の内部にテレポートしてしまおうか？　船までの距離はお話にならないくらい短い、絶対に成功するはずだ。宇宙船内の機械室や、エンジンや、中央制御室をこの目で見られたら……それは、とてつもない想像だった。

　そのとき、ファンタン星人が六本の腕のうちの二本を上げ、胸部あたりで交差させた。腕は驚くほどの可動域でしなるように動いた。人間の腕とはまったく違う。まるで関節が無数にあるか、それとも骨自体が存在しないかのようだった。シドはそれを「触手」と呼ぶことにした。正確には少し違うかもしれないが、ぴったりくる呼び名に思えたのだ。

　異星人は、今は脚として使っている三本の触手でわずかに前に進み出た。「我々は、ベズンと対話する用意があります」

「ベズン？」ブルが聞き返す。「俺の頭んなかをテレパシーで読みとったって言うんなら、少々手違いがあったようですな。俺の名前はブルだ、ベズンじゃない」

　ファンタン星人はそれに対して、ゴボゴボという奇妙な音をたてた。シドはぎょっとして、子供時代によく見た獣のことを思い出す。路上をうろつく野犬の姿が目に浮かぶようだ。あの犬どもの吠え声は、しゃがれた人間の笑い声によく似ていた。今目の前で宇宙人が発した声音は、まさにそれだ。ファンタン星人は触手を脚代わりに数センチ伸び上がってみせた。「おかしな考えですね、ブル。ベズンはベズン。あなたの名前とはまったく別です。さあ、どうぞ、《スレガ・ナクート》へ」

「それって、あの船のこと?」シドは尋ねた。そのとたん、ブルから鋭い視線が飛んでくる。テレパシー能力などなくても、ブルの言いたいことはひしひしと伝わってきた。〝話は俺がするから、黙ってろ〟

一行はブルとタチアナ・ミハロヴナを先頭に歩きだした。二人の後ろにエリック・マノリが続き、シドとスーは大人たちのすぐ後ろを歩く。スーは知ってか知らずか、常にシドの傍らに寄り添っていた。

「用心したほうがいい」《スターダスト》元船医がささやいた。ブルに向けた言葉のようだが、その声はシド耳にも届いている。もしかしたら、銀色の円盤を介してファンタン星人にも一言一句筒抜けかもしれない。

そうは思ったが、口に出すのはやめておいた。また叱られるのはごめんだ。それに、マノリの忠告はどのみち自明のことに思えた。あのエイリアンたちにほんの少しでも知性があれば、この発言にいちいち驚きはしないだろう。それとも、ひょっとしたら彼らは人類とは全然違う範疇でものを考えているのかもしれない。だから自分たちの登場が地球の住人にどれだけインパクトを与えるか、そもそも理解していない可能性だってある。

ファンタン星人の立つ位置まで、あと数歩。ブルは決然としたまなざしで異星人を見やった。「さて、こちらの名前はすでに知ってるでしょう。で、そちらのお名前は?」

「ジェンブス」未知の生命体はそう答えた。「続きの交流は、我らの船のなかで。ただし、その者はだめです」ファンタン星人はそう言って、伸ばした触手でタチアナ・ミハロヴナを指し示した。

テラナー一行の歩みが止まる。「どうしてです？」ブルは尋ねた。「彼女は仲間だ。一人だけ残していくわけにはいかない。彼女を一行に加えたのは、ちゃんと理由があってのことで——」

「問答は無用！　その者はベズンではない」返答はにべもなかった。

なぜ、他の言葉はすべて銀盤を介して翻訳されるのに、「ベズン」という一単語だけがそのまま残されるのだろう？　シドは最初、翻訳機能のエラーだと思っていたのだが、やがてふと気づいた。きっと、それに相当する単語が人類の言語に存在しないのだ。こういった問題については、いずれシドなんかよりもっと賢い人々に対処してもらわないといけない。たぶん人類はこれからも、この手の意思疎通上の壁に突きあたるだろうから。

それにしても、ベズンとは何のことだろう？　タチアナはベズンではない。けれど、彼女以外の全員はシドも含めてベズン。……女性と男性の違いでないことは確かだ。もしそうなら、スーも入船を拒否されるはずだから。それとも、ファンタン星人はスーのことを女性ではなく子供とみなしたのだろうか。あり得る話だ。人間の女と男、子供の区別がついていない可能性もある。そういえば、この二体のエイリアンは、男とも女ともつかない。

ひょっとしたらミミズみたいに雌雄同体で、何か全然別の方法で繁殖する生命体なのかもしれない……。シドも詳しくは知らないが、確かSF映画にそんな話があった気がする。

「我々は、あなた方の決定を待っています」ファンタン星人は妥協のない態度を崩さなかった。「あなた方は歓迎すべき客人。しかし、その者は違う」

「ぼく、絶対あの船に乗るよ!」シドはとっさに言った。こんなまたとないチャンスを、逃すわけにはいかなかった。けれど同時に、想像しただけで不安な気持ちになるのもまた事実だった。

「よろしい。あなた方の願いを聞き入れよう」ブルが言った。その巧みな言葉選びに、シドは感心してしまった。タチアナに関する異星人の命令を「願い」と言い換えたことで、ブルはこの状況に対する視点を一八〇度ひっくり返したのだ。結果は同じでも、意味はまったく違ってくる。「タチアナ、テラニアに戻ってくれ。あとで連絡を取り合おう」

ロシア人女性はブルを見つめ、ゆっくりとうなずいた。もしかしたら、ブルはタチアナがテレパシーで読みとれるように、強い思念で何かメッセージを伝えたのかもしれない。タチアナは踵(きびす)を返し、都市に向かって歩き去った。

シドと残りの三人はファンタン星人の脇を通って船に向かった。異星人の体からは、きつい薬草のような臭いがした。それに何だか……油っぽい臭いも。シドの気に入らない臭いだった。それまで船の隔壁内にじっと立っていた二体目の異星人が、彼らのために道を譲る。そうして、四人は船内に足を踏み入れた。異星から訪れた、未知の領域へと。

何かがシドの腕に、それから手に触れる。スーの指先。「私、怖い」少女はささやいた。

「ぼくもだ」シドはそう返しながら、その答えに自分自身が驚いていた。

スケリア

スケリアは恐怖を抱きながら、それでも外に行けることを願った。

この惑星の住人が送りこんできた使者たちにジェンブスとロカーンが緊急対応している間、スケリアは数階上のデッキにいた。小さなカジノルームで、自分の運命を賭けてゲームに挑んでいたのだ。ツキがなければ、ロカーンに代わって船に残り、あの者たちの世話と運び入れを引き受ける羽目になる。

哀れなジェンブスは、すでにその役目に決まっていた。彼に下された命令は《スレガ・ナクート》に留まること。そして今、広大な格納庫には最後の一機となったベズン用搭載艇が、いつでも飛び立てる状態で操縦者を待ち受けている。あとは、ロカーンとスケリアのどちらがベズン狩りに出る許可を勝ち取るか、だ。

「では、ベットしてください」旧型ポジトロニクスの金属的な音声がひずむように響いた。

「選別ゲームを開始します」

「俺にこれ以上罰を受けろっていうのか？」スケリアはそう言い返しながら、心を持たない機械がこういった漠然とした文句にどう反応するか、すでによくわかっていた。事実、彼の読みは正しかった。

「身体に欠損があっても、活動可能であるかぎり、ファンタン星人の義務は変わりなく適用されます。あなたの場合も同様に、この条件が当てはまります。付属肢のうちの二本が欠損したとはいえ、単純な任務であれば依然として支障なく遂行可能だからです」

「ああ、わかってる！　規則なら知ってるから、それ以上喋るな！」ポジトロニクスの型どおりの反応に、スケリアの胴体後部のうろこが逆立つ。もう何千回となく聞かされた返答だ。ときおり、彼は思う。体の一部が欠けているというのがどんな気分か、ポジトロニクスも味わえばいいのに、と。ただ腹立たしいことに、機械はそういった感情を体感できない。スケリアに一生涯つきまとうであろう痛みや、感覚や、苦悩——そして、恐怖も。彼に恐怖を与え、同時に彼のなかの自己嫌悪を多少なりとも和らげてくれるもの、それがベズンだった。

「規則をご存じならば——」遊技台から機械音が響く。「ベットしてください」

スケリアは一瞬、遊技台のスピーカー部分を粉々にぶち壊してやろうかと思った。だが、そんなことをして何の意味がある？　いずれにせよ、どんな手でいくかは前もってじっくり考えていた。思い切った賭けに出つつ、獲得しうる利益の減損についても慎重に考慮した一手である。「手持ちの駒から、ベズン番号22-07-74を」と宣言する。それは彼の最初にして唯一の手駒だった。

「ロカーンはすでに03-11-77を宣言しています」数秒の沈黙。判定が行われているのだ。「あなたの負けです。これよりロカーンには、ラスト一機の搭載艇で船から発進することを許可します。あなたは船内に残ってジェンブスと緊急対応チームを組み、惑星住人の使者団に対処するように」

スケリアは四本すべての肢を地面につけて立ち上がった。――よかった。不安は一瞬にして消え去ったが、いっぽうで彼は不満だった。またもや、やっかいな仕事を割り振られてしまった。それも、よりにもよってジェンブスと。相棒としての彼は、決してやりやすくも愉快な相手でもない。

とはいえ、選別ゲームの決定は絶対だった。留守番役は彼ら二人に決まったのだ。こうなったらせいぜい、この立場を最大限に利用してやろうとスケリアは考えた。少しばかり楽観的になっても悪くはあるまい。

スケリアはカジノルームを出て、目的の場所に向かった。人影もなくがらんとした通路を目にすると、心が沈む。自分以外のほぼ全員が、すでに発進しているのだと思い知らされるからだ。新たな惑星、新たなフィールドへ。そこには豊富なベズンが待っている……。

船内の照明はすべて非常モードに切り替わっており、中央通路もおぼろげな薄闇に包まれていた。スケリアが最初のセンサーエリアに踏み入ったとたん、周辺がぱっと明るくなる。前方には長い通路がまっすぐに延びていた。通路のはるか先で、まだ暗いエリアが闇にかき消えるさまを、欠損体のファンタン星人は遠く見やった。

しばらく歩くと、小さな浮遊輸送ロボットが数体待機する格納スペースにたどり着いた。このロボットは前々回に訪れた星で手に入れたもので、とても便利な代物だ。彼らファンタン星人はそれまで船内の移動手段として老朽化した一人乗り浮遊プラットフォームを用いていたのだが、それに換えてこのロボットを導入したのだった。

こいつを生み出したあの星は、何という名だったか。スケリアは記憶を探ったが、どうしても思い出せなかった。まあとにかく、それまで清掃ロボットを格納していた壁の窪みを船内の建設作業員が改造して、このように輸送ロボットのための格納スペースをつくったわけだ。ドスティ――その星の開発者たちは、この小型輸送ロボットをそう呼んでいた。それは覚えている。けれど、星の名は何だったか……。

まあ、どうでもいいことだ。

彼はドスティのうちの一機に乗りこんで、操縦シートに体を沈めた。この辺りはファンタン星人のニーズに合わせて多少改造する必要があったが、その成果たるや実に素晴らしいものだ。「来客ホールへ」と目的地を告げると、慣れた動きで暖房機能とケアモードをオンにする。

ドスティが飛行を開始すると同時に、可変ノズルからひんやりとしたスチームが噴射され、スケリアの細かいうろこを清めはじめた。バクテリアほどの微細な共生生物が血行を完璧に整えてくれる。豊かなベズンは、豊かな快適性につながる――先人の教えは、まったくもって真実だ。

行く手の通路エリアがまたひとつ明るく照らされた。移動スピードが速いため、ドスティがセンサー範囲上を通りすぎるたびに次々とテンポよく照明がともっていく。やがて、輸送ロボットは垂直に延びるシャフト内に進入し、反重力によって最下層階へと運ばれていった。

シャフト内を浮遊している間に、ロボットはスケリアを清め終え、続いて数秒間の振動モードに入った。スケリアは振動レベルを上げて、つかのまの穏やかなひとときを楽しむ。あの――何という名だったか、そう、テラナーたちと対面する前の、最後のひとときを。

テラナーという呼称を、この惑星の住人はつい最近になって使いはじめたようだ。にもかかわらず、その呼称は惑星上のありとあらゆる通信やニュース上にあふれ返っている。惑星全体がまさに上を下への混乱状態だった。滑稽なほどちっぽけな国々の政府が、陰謀とあからさまな対立とが錯綜する先の見えない混乱のなか、互いにいがみ合っている。それなのに、この惑星の住人たちは自らを優れた存在だと信じているのだ。それも、お遊び程度のわずかばかりのアルコン技術をたまたま手にしたというだけで。能なしどもめ！

ファンタン星人は彼らよりはるかに優れているというのに。

スケリアを乗せた浮遊ロボットは反重力シャフトを出ると、高速で来客ホールに向かった。目的地のすぐ手前まで来たところで、スケリアは操縦を手動に切り替えた。植栽エリアに設けられた最寄りの格納スペースに機体を停めると、床に降り立って軽く伸びをする。そして、ドスティのケア機能の素晴らしさにあらためて感嘆した。実にすがすがしく、体じゅうに活気が満ちあふれている気分だ。うろこを通じて、空気中の芳しい油を普段よりたっぷりと吸い込めている気さえする。

来客ホールに続くエアロックの前では、ロカーンがすでに待機していた。「汝にベズンの実り多きことを」彼は昔ながらの祈りと儀礼の決まり文句を投げかけてきたが、その口調は言葉とは裏腹に皮肉っぽい。もっとも、続くひと言はずっと本音じみていた。「遅いんだよ！　こっちはおまえに引き継がなきゃ退出できないんだぞ」

「規則はちゃんとわかってる」再びポジトロニクスと言い合いをしている気分になって、スケリアの機嫌は若干下降した。「精一杯急いで来たさ。で、ジェンブスはどこに？」

「どこに、だと？　ホールに決まってるだろう。連中と一緒にな」

「船内に入った人間は五体だな？」

「四体だ。一体はベズンじゃなかったからな」

「聞いてないぞ。なんで誰も知らせてくれなかった？」

ロカーンの視覚穴がすっと縮まった。「そんなこと知るか。俺はもう行くぜ」

「汝にベズンの――」

「はいはい」ロカーンはさっさと歩きだした。そして、スケリアが帰りのために停めておいたドスティに何の断りもなく乗り込む。輝かしい冒険が、彼を待っているのだ。

――スケリアとは違って。だが、だったら自分はこの状況を最大限に利用すればいい。

そして、自己嫌悪の念など忘れてしまえばいいのだ。スケリアは――異形の体をもった何者でもない「何か」は、ファンタン星人の存在理由とも言うべきものを強く恐怖していた。

スケリアはエアロックを歩み進んだ。このエアロックは、ベズンを外界から船内に入れる際の除染機能を担っている。

その先で、彼は初めて人類と対面した。人型生命体の例に漏れず、際だって醜い顔だちをしている。アルコン人も負けず劣らずだが、その彼らとて不快な頭部の大半を長い毛髪で覆い隠すくらいの慎みは持ち合わせていた。

ところが、この人間とかいう生き物ときたら。特に、リーダーを自任しているらしい先頭の奴は、ひどいものだった。その頭部を覆うのは、生まれたてのひな鳥のような赤っぽい綿毛のみだった。もっとも、ひな鳥のように柔らかな毛ではないが。実のところ、スケリアは鳥が好きだ。初めて獲得したベズンも鳥タイプの生き物だった。けれど、このテラナーはどうにも気にくわない。

スケリアの視線が、一行のなかで一番小さな惑星住人をとらえた。その瞬間、はっとする。ヒューマノイド・タイプの典型的な身体特徴から判断するに、それは女性の子供だった。しかし、その姿は仲間の人間たちとはどこか違っている。何かが、欠けているのだ。

——俺と、同じ。彼、スケリアには肢が四本しかない。そして、この少女には腕が一本しかなかった。通常の人間とは違って。彼らの醜い身体構造に則れば、その体は縦軸を中心に左右対称になるはずなのに。

このことが何を意味するのか、スケリアにはまだわからない。だが、彼のなかには少女への興味の念が湧き上がった。同時に、自らへの嫌悪感も。

もしかして、選別ゲームに負けて留守番役を割り振られたのは幸運だったかもしれない。搭載艇に乗り込んで、この惑星を飛び回るよりもずっと。

彼は今まさにこの場で、生涯最高のベズンに出会ったのかもしれなかった。

6

記憶、そして再生　　リコ

私はジゲタイの死肉を完全に食らい尽くした。昆虫のときとは違って、利用率は九七パーセント強といったところだが、それでじゅうぶんだ。あとに残ったのは、粉々になったわずかばかりの骨屑のみだった。水分を根こそぎ吸い出され、ごく簡易な物質変換によってアミノ酸と繊維質を奪い取られた残り滓である。

身体再生は順調に進んでいる。今はもう自動修復システムも最小レベルの稼働にとどまっていた。大半の身体機能は、一度動きだせば、あとはひとりでに回りだす。生物的異物が人間のそれと同じ血肉に変換され、体じゅうで血管網が微細なネットワークを形成していく。呼吸器系との連結も、もうじき完了するだろう。

脳の有機的部位にはもう少し微調整が必要だが、これは想定内だった。この部位の基盤構造は恐ろしく複雑で、したがってもっとも困難を伴うのだ。

　私はしばらくの間、身じろぎもせず砂漠に立ち尽くしていた。

　記憶装置の奥底から、おびただしい量の情報が次々と汲み上げられていく。ゴビ砂漠の多くを占める岩石砂漠地帯は、しばしば「瀚海（ハンハイ）」と呼ばれてきた。これは「乾いた湖」といった意味である。いっぽう、地元の人々が使う中国語では、乾燥した砂地を「沙漠（シャモ）」と呼ぶ。そのため若い世代の間では、この呼称をゴビ砂漠に用いる傾向が顕著になっている。地元の歴史家や言語学者でつくる団体では、この呼称を正式に採用しないよう政府に働きかけている――。そうした活動の主翼を担う学者の名前までもが、忘却のかなたから甦ってきた。

　無用な情報だ。

　膨大な知識のなかから関連性の高い情報だけを抜き出す必要がある。生体脳が稼働し、記憶ユニットと同期連結できるようになれば、それも可能となるだろう。私はそこに期待をかけることにした。この期待の妥当性は、これまでの経験によって裏付けられている。

　数時間が過ぎた。私は日光と熱を取り込んでエネルギーに変換した。そうして機械心臓の側心房で内部循環によって酸素を生成し、新たにめぐらされた血管網と神経組織を通じて貯蔵スペースに送り届ける。だが、生体細胞一つひとつの機能を呼び覚ますには、まだ足りない。解析によれば、基盤となる物質が分子遺伝学レベルで不足しているようだ。

私は考える。瀚海。乾いた湖。ゴビには事実、いくつかの湖がある。塩湖だ。目下、この地球上でもっとも有名なそれは、疑いなくゴシュン塩湖だろう。月から帰還した《スターダスト》が着陸時の滑走路として用いた湖である。運がよければ、私の再生完成に必要な元素が、こうした塩湖に含まれている可能性がある。

ただし、ゴシュン塩湖は問題外だ。発見される危険が高すぎる。この時間帯にはまだ人の目には見えぬ星の位置から、私は自分の現在地点を測定し、歩きだした。ここから一番近い塩湖は、表面積〇・〇二平方キロの名もない小湖だ。大きさは申し分ない。ただ、そこに私の求めるものがあるか否かは、まだわからなかった。

私は歩みを進めながら、ときおり砂上の小石を拾い上げては、その含有物質を利用して金属製の内蔵を補強していった。ケーブルが安定性を増す。長年風に晒され乾ききった草木から原子を抽出し、エネルギーに変換する。

夜が来て、そして朝が来た。新たな一日が始まる。唐突に、闇の奥底から新たな記憶の断片が浮かんできた。これまでの情報よりも重要に思われる情報が。――金星。避難所と呼ばれる施設。そこで、私は目覚めた。どれくらいか定かでないほどの期間を経て。私はアルコン人を装い、トーラという名の女性と、その同伴者のタミカに出会ったのだった。

行く手にちっぽけな塩湖が見えてきた。はたしてここに、私の必要とする生命とその構成物質は存在するのか。

強い日差しの下で、赤みがかった緑色の湖面がきらきらと輝いている。私は湖に一歩足を踏み入れた。次の瞬間、体に走った感覚に激しく動揺する。生命工学的ハイブリッドであるこの体の微調整がまだ完了していない証拠だ。鋭い痛みが足——正確には足の裏から発せられていた。

後ずさり、岩がちな湖岸に腰をおろして痛みの源を確認する。深い切り傷が、形成されたばかりの肌と肉とを切り裂いていた。ただし、血管は完成していたものの、血液はまだ流れていなかったため、貴重な有機物質を失うことは避けられたようだ。

私は慎重に傷口に触れた。過熱した砂に常に接していた足裏の肉は温かく、塩を含んだ湖水に濡れて湿っていた。傷口を手で押し合わせると、傷は治癒システムによって見る見るうちに塞がっていく。ぴちゃり、というかすかな音とともに、膿状の体液が飛び散った。

さっきは愚かなミスを犯してしまった。塩湖の底は、鋭くとがった塩の結晶で覆われていたのだ。本来であれば防護のために靴を履くべきだが、そうした簡素な物資すら今の私には望めない。だが、目的の物質を有する生物は、湖中央付近の水深の深い箇所に生息しているはずだ。そうであるならば、他に選択肢はない。私は痛覚中枢を遮断するよう意識しながら、湖へと入っていった。

情報メモリ呼び出し、リコ、再起動フェーズ：アルテミア、学名 Artemia Salina は、塩湖で生息可能な唯一の高次生命体である。体長一〜二センチ。体色は塩分濃度が高いほど赤みをおびる。多細胞の耐久卵（シスト）により、乾燥した多酸素環境においても不活性状態で数年にわたり生き延びることが可能。別名シーモンキー。

切り裂かれた肉が足骨からずるりと垂れ下がるが、今はもう気にならなかった。どのみち、すぐに再生できる。それよりも重要なのは、目的の生物であるアルテミアを実際に発見し、大量に摂取できたことだった。その体内に備蓄された耐久卵から、生命の基質となる物質をたっぷりと取り込んでいく。

私はその物質を生体と機械部分とをつなぐ接合部に貯蔵し、それらを気密性外皮で包み込んで次々と小さな真空をつくりだした。これにより、アルテミアの生命エネルギーはこの生物種に特徴的な仮死的生息環境におかれたことになる。特異な、しかし非常に効率的な形態だ。生体と機械の接合部を介して情報を伝達するうえでは実に有効である。半分は生き、半分は死んだ状態。半分は機械で、半分は生命体。まるで私のようだ。

これで必要な元素はすべてそろった。私は満足とともに湖をあとにする。治癒の経過を確認しつつ、まだ開いたままだった体内循環の回路を、閉じた。たちまち生体脳が起動し、記憶ユニットと融合していく。心臓が脈打ちはじめ、つくりたての新鮮な血液をどくどくと血管に送り込む。

〝私ははたして、何者かであり得るのか？〟あのとき、新たに存在を開始した直後に浮かんできた疑問が、瞬く間に氷解していく。そう、私は何者かの存在だ。この思いが、その証。私は名前を持つだけでなく、一人の個体なのだ。テクノロジーと生物学、機械と生命体の融合体。リコ。

それからわずか数秒で、金星基地で目覚めて以降のあらゆる記憶が完全に甦ってきた。そうだ、私はアルコン人女性のトーラと地球に赴いた——いや、地球に戻ってきた。彼女に協力し、そして殺された。機能停止。破壊。そうして最終的に、どろどろに溶けたパーツ片と化して、砂漠の岩陰に打ち捨てられた。

すべてが鮮やかに脳内再生されていく。が、そこまでだった。私の記憶は依然として断片的で、不完全だ。その前には何があった？　私はなぜ金星基地にいたのだ？　思い出したのは、自分には果たすべき使命があるということだった。とても重要な使命だ。私にとっても……彼にとっても。私が存在する真の目的は、そこにある。

だが、その使命と目的が何なのか、具体的に思い出すことはできなかった。思い出そうとすればするほど、すべてがぼやけていく。同時に私のなかで、どこか懐かしい気持ちが湧き上がってきた。それは、海への憧憬だった。海。そこに行けば、私は満たされる。

7

ヴェガ星系を往く

ペリー・ローダン

　彼は振り返った。数メートル後方には、宇宙に浮かぶ巨大な金属球体と化した《グッド・ホープ》が控えている。ミュータントのイワン・ゴラチンによって破壊された球体外殻の損傷は、今もなおはっきりと見てとれた。外殻はところどころ歪み、細かな亀裂は内側から塞がれている。

　そんなアルコンの大型搭載艇も、激しく燃える巨大恒星ヴェガの前ではすっかりかすんで見えた。ローダンが視界の端でとらえたその巨星は、球体宇宙船の輪郭部に触れるか触れないかのところに浮かんでいる。しかし実際のところ、両者の間には何百万キロもの距離があるのだ。

　ローダンは戦闘スーツを加速させた。周囲およそ三〇光年の宇宙空間において彼の唯一の帰る場所であり、生命の小島であるアルコンの搭載艇が、急速に遠く小さくなっていく。それは見る見るうちに指先ほどの大きさに縮み、やがて、かろうじてそれとわかる程度のかすかな点となった。広大な宇宙のただ中にあっては、無に等しい存在である。

ローダンは前方を行く仲間たちに視線を向けた。彼らはあらかじめ、五メートル以上離れないように密集して飛行することを決めていた。一行のなかでアルコンの戦闘スーツを操った経験があるのはローダンだけだ。だが、その彼でさえ、この奇跡のテクノロジーにはダーリャ・モロソワやアンネ・スローン、ラス・ツバイに負けず劣らず驚嘆していた。

アルコンの戦闘スーツは一見すると、かなり無骨な印象であり、地球の宇宙服とはデザインもまったく異なっている。しかし根幹的レベルで見れば、少なくとも見た目上はよく似通っていた。戦闘スーツの重量はおよそ五〇キロ。反重力機能をオンにしていないと、その重量がずっしりと体にのしかかることになる。重量が大きいのは、高性能エネルギー・タンクによるところが大きい。このエネルギーによって、超高機能の防御シールドを一定時間ではあるが展開することが可能となる。さらに、搭載パルセータ・エンジンは地球環境下で最大二万キロの航続距離を実現可能にしていた。

《グッド・ホープ》は救命カプセルの手前およそ三〇〇〇メートルの距離まで接近している。戦闘スーツの性能をもってすれば、一瞬でカプセルまで到達できるというわけだ。

戦闘スーツ搭載のポジトロニクスは直感的な操作が可能だった。少なくとも、ロシア人宇宙飛行士のダーリャ・モロソワは、はじめから見事な操縦技術を見せていた。だがアンネ・スローンとラス・ツバイはなかなかコツがつかめず苦戦しているようだ。そのため、二人の戦闘スーツは自動操縦に切り替え、ローダンの操縦インパルスに連動させることにした。つまり、ローダンが二人のミュータントの宇宙飛行を舵取りすることになる。そのうえで、ヴェガ星系の住人が乗る救命カプセルのすぐ手前まできたら、手動操縦に切り替える手はずになっていた。

もし——あるいは、万が一にも——無事テラニアに帰還できたら、この技術を誰に習得させるか、よく検討しなければなるまい、とローダンは考える。専門技術を備えたチームの創設は将来的には不可欠だ。そう、あらゆる分野の専門チームが。

「みんな、問題ないか？」ヘルメット搭載無線を通じて、ローダンは問いかけた。

「ええ」ダーリャ・モロソワが応答する。

ラス・ツバイが問題ないと答え、そのすぐ後にアンネ・スローンからも同様の返答があった。ただし、アンネの声は震えている。

「どうした、もし気分が悪いのなら……」

「違うの」彼女はローダンの言葉をさえぎった。「そうじゃなくて……」テレキネシス能力者は腕を伸ばして、ラスの向こうを指さした。

ローダンは彼女の指さす先に目を向け——そして、戦慄した。彼が目にしたのは、公転軌道上に浮かぶ第四惑星の姿だけではなかった。トーラの分析によれば入植もまばらなその惑星は、間近に迫るほど大きく見える。惑星を背にしたラスの全身シルエットが、影絵のようにくっきりと浮き上がるほどだ。そのすぐ横で、ヴェガ星系側の華奢な防衛艦の一隻が、今まさに砲撃を受けていた。

すべては、宇宙空間を統べる不気味な無音のなかで進行した。ヴェガ艦の周囲でエネルギーの放電光がひらめき、防御シールドがちらちらと明滅する。幾筋もの青い光線が太陽の放つ紅炎のごとく闇を駆け、そして一瞬にして消えた。

ローダンは戦闘スーツのレーダー機能で位置を測定した。惨劇の場は、ここから一〇〇〇キロ近く離れている。ヘルメット・マイクのスピーカー越しに、アンネ・スローンの荒い息づかいが耳に届いた。「我々は安全だ、アンネ。あちらから見れば、私たちなど塵粒にも満たないさ」

「でも……すごく近く見えるわ」

真空の宇宙空間がもたらすクリアな視界には、多少の慣れが必要だ。地球の大気圏内とはまったく異なるその環境は、訓練経験のない人間の目を混乱させる。

彼ら救援チームはさらに飛行を続けた。移動軌道も考慮に入れた救命カプセルの現在位置は、戦闘スーツの演算機能が算出してくれる。やがて、いかにも脆くちっぽけな金属製カプセルが行く手に姿を現した。

カプセルに接近する前に、ローダンは最後にもう一度、視線を転じた。まさにその瞬間、砲撃を受けていた艦の防御シールドが破られる。ほっそりと長い船体が巨大な爆発に呑まれ四散した。漏出した船内空気によって燃え立つ炎槍が、空気を失いたちまちかき消える。ローダンは冷たい戦慄を覚えた。たった今、あそこでは膨大な数の生命体が死んだのだ。それなのに自分たちは、せめて一人でもヴェガ星系の住人を救おうと奮闘している……。一人か、あるいは無理矢理詰め込んでも数人といったところか。カプセルはタマゴ形で、縦幅は五メートル程度。そう大人数を収容できるようには見えなかった。

救命カプセルの目の前まで来たところで、ローダンはアンネとラスとの連結操縦を解除した。四人のテラナーは宇宙空間にふわりと漂う。彼らが目指すはただひとつ、救命カプセルの内部に入ることだった。四人は互いに体を触れ合わせた。

「よし、ラス」とローダン。「きみの出番だ」

ラス・ツバイ

宇宙を浮遊した状態で目的地への正確なテレポートを試みることは、決して簡単ではなかった。距離はたかだか数メートルだが、三人もの人間を同時に引き連れてのテレポートである。おまけに、アルコン製戦闘スーツ四体の総重量は二〇〇キロにも及ぶ。ラスの試みたテレポートは、失敗した。力が足りなかったのだ。彼は他の仲間をその場に残したまま、自分だけテレポートしてしまったのである。

ラスは狼狽して周囲を見まわした。そこは機械類や金属ブロック、混合材らしき部材に囲まれた狭い空間だった。機械やブロックは文字通り一ミリの隙間もなく、壁と、さらには天井までをも覆い尽くしている。外壁が緩くカーブしたその空間は、ラスの目測では直径三メートルもなかった。

この小さなタマゴ型カプセル全体のサイズから考えるに、今いる機械室のようなこの場所は、カプセルの下半分全体を占めているに違いない、とラスは考える。ここには救命ユニットを動かす全技術が収納されている。脱出者が収容されている救難スペースは、おそらくこの上だ。

さしあたっての現状確認を終えたところで、ラスはようやく、室内に人工重力が働いていないことに気づいた。彼は地面に立っているのではなかった。アルコン製戦闘スーツをまとったその体は、床から数センチのところを浮いている。

ラスは戦闘スーツの無線機能でローダンへの通信を開いた。今頃、カプセル手前に残されたローダンは、ラスがどうなったかと気を揉んでいるだろう。「すまない、普段ならうまくいくんだが。宇宙空間では環境がいつもと違ったのと……それに、興奮していたようだ。それが原因だろう」

「救命カプセルの内部にいるんだな？　生存者は見つかったか？」

ラスはカプセルの内部構造と自分の現在位置について手短に説明した。

「上部スペースにテレポートして、生存者がいないか確認してほしい」ローダンは頼んだ。

「もし単独では難しそうなら――」

「ああ、一度誰かを連れに戻る。一人くらいなら、一緒に連れてテレポートできるから」

――今この状況でも、かろうじて。彼は通信を終えて、もう一度テレポートした。

一瞬にして景色が切り替わる。今まで見ていた機械類に代わって視界に飛び込んできたのは、真っ青な死者の恐ろしい形相だった。

その目は見開かれ、首から下の右半身はひどく焼けただれている。わずかに覗く無傷の部分の肌は、その顔色と同じく濃青色だった。

ラスは催眠術にかかったように死者を凝視した。

肌の色を除けば、すんなり人間で通るであろう外見だ。体型を見る限り、栄養状態はかなり良さそうである。遺体は太股にシートベルトをした状態で、座席に座っていた。シート表面の材質は安っぽい灰褐色のプラスチックのように見える。

シートベルトにも座席にも損傷の跡は見られない。つまり、この青い肌の異星人がひどい火傷を負ったのは、救命カプセルに乗り込む前ということになる。それまで生き延びることができたのが奇跡に思えた。

ラスは必死に視線を引きはがし、そこではじめて、たった今自分がぶつかった何かに目を向けた。それはふたつ目の座席の背もたれだった。死者の座るシートと同構造に思われるその席にもまた、先客がいた。やはり死んでいるのか。そうでなければ、突然現れた闖入者に何らかの反応を見せるはずだ。ただし、その体に目立った外傷は見あたらない。

ラスは戦闘スーツのポジトロニクスに口頭で指示し、救命カプセル内部の酸素量を計測させた。きわめて希薄、というのがその回答だった。カプセル外壁に針先ほどの小さな亀裂があり、そこから空気が漏れ出しているのだ。トーラの情報によれば、ヴェガ星系の住人たちは人間と同じく酸素大気下で生息するという。おそらく、この二人目の異星人は、救助を待つ間に哀れにも窒息したのだ。

脱出者は二人しかおらず、三つ目の座席は空っぽだった。

「ミッション失敗」ラスは仲間に告げる。「カプセル内部で異星人二人を発見したが、どちらもすでに――」そこで、ラスの声が途切れた。

「ラス？　どうかしたの？」アンネ・スローンが呼びかける。

スーダン人のテレポート能力者は、二体目の遺体を凝視していた。――正確には、彼が死者だと思いこんでいた男性型の異星人を。青い指がかすかに動き、半開きの口もとから異星の言語らしき囁きがこぼれた。スローモーションのようにゆっくりと上げられた手が、首もとにかかる。異星人の口がさらに大きく開いた。

酸素を求めているのだ、とラスは気づいた。息を吸おうとしている。決定的な窒息死を迎えまいとして。おそらく、この異星人は気絶していたところをラスの登場によって意識を取り戻したのだろう。忍び寄る苦痛に満ちた死を前にして、最後の最後に。

一刻たりとも無駄にはできなかった。一か八かの勝負にでなければ。ラスはトーラに通信をつなげた。「《グッド・ホープ》の正確な位置情報をください！」

幸いにも、アルコン人女性からよけいな質問は一切なかった。あるいはラスの声の響きから、非常事態だと察したのかもしれない。「わかりました。これより常時、こちらの位置情報をあなたの戦闘スーツのポジトロニクスに送信します。なお、現在位置はカプセルから三一二九メートル離れた地点よ」

およそ三キロ。途方もない距離だ。だが自分がテレポートに失敗すれば、青い肌の異星人は死ぬ。彼には酸素が必要なのだ。それも、今すぐに。そのためには、一刻も早く《グッド・ホープ》船内に連れていかねばならない。それができなければ、彼は無惨に窒息死するだろう。

ラスは自らの黒い指を異星人の青い手のひらに乗せ、直接コンタクトを形成した。ヘルメットの透明プレートの内側に表示される《グッド・ホープ》の精密な位置情報をじっとにらむ。数値は一秒ごとに更新されていく。

彼は集中力を高めた。ほんのわずかでも目標地点からずれたら、それは同伴者にとって即死を意味する。真空の宇宙空間に生身で放り出されて、生き延びられる者はいない。だが、《グッド・ホープ》船内に入れさえすれば、この異星人にも生き残るチャンスはある。一か八かだ。ラスは持てる力をすべて振り絞り——そして、テレポートした。

8

スケリア

ベズン

赤く短い綿毛を生やした人間は、こう主張した。自分たちの文化においては、知らない相手と会話するときは名前を名乗るのが礼儀なのだ、と。「俺の名前はブル」続けて、彼はそう名乗った。「レジナルド・ブルだ」

それに続いて、エリック・マノリ、シド・ゴンザレスという名が告げられたが、スケリアはおざなりな視線を向けるのみだった。彼が興味を引かれるのは、あの子供だけだ。不完全な少女。異邦の、しかし自分とよく似た存在。自分と同じ、不自然な存在。「スー・ミラフィオーレ」少女は名乗った。

「こちらの善意のしるしとして、あなた方の惑星の慣習に従いましょう。たとえ、それが非効率的で論ずるに値しないしきたりであっても」いかにもジェンブスらしい長ったらしい前置きののち、彼は自分の名を名乗った。「それから、こちらは私とともに留守役を務めるスケリア」

「話に入る前に、この船の内部をもう少し見せていただけますかな?」ブルという名前の人間が尋ねた。

ジェンブスの聴覚穴周辺のうろこが逆立つ。それを見たスケリアは彼がこの願いに応じるつもりだと察し、いち早く声をあげた。「このホールは来訪者のために特別に設けられたものです。できれば、話はここで」

「ぼく、もっと奥に跳ぼうか?」シド・ゴンザレスという名のテラナーが仲間に向かって尋ねている。みすぼらしく痩せ細った、一行のなかでも特に劣った外見の個体だ。

ブルはその醜い頭部を左肩から右肩へとすばやく振って、また正面に戻した。着陸前に学習した文化研究によれば、今のは否定のジェスチャーである。ファンタン星人どうしではあり得ない、不必要に仰々しい身振りだった。

その間に、スケリアは考える。あのシド・ゴンザレスという名の若い人間は、何を言おうとしたのだろう?「跳ぶ」とはどういう意味だ? そもそも、このテラナーの区分もはっきりしなかった。子供には見えないが、成熟した大人の人間とも思えない。どうやら、ファンタン中熟期に相当する中間段階にいるようだ。

だが、そんなことはどうでもよかった。彼は視覚穴すべてを大きく開き、スー・ミラフィオーレに向けた。「おまえは、不完全だね？」自分のなかのさまざまな感情、その核心部を彼はずばりと口にした。「何かが欠けている」

スーは肩のすぐ下で途切れた左腕を、右手で押さえた。どのみち衣服に覆われているというのに、欠損部をファンタン星人の目から隠そうとしているのだろうか。そんなことをしても、すぐに気づかれるというのに。少女は顔をこわばらせて、「ええ」と答えた。息を吐くすーっというかすかな音。それから、彼女はすぐに続けた。「でも、私はまだ幸運だわ。欠けているのは一本だけだもの」

スケリアは唖然としつつ気づいた。翻訳機の感情解析によれば、スーは怒りを示してはいるが、そこに嫌悪の念はない。「おもしろい答えだ」この少女はすばやく察知したのだ。スケリアもまた欠損体であることを。それは、決して普通のことではなかった。未知の生命体との交流経験が乏しい者にとって、見知らぬ形状をしたファンタン星人は個別に見分けることすら難しいはずだ。事実、彼がこれまで出会った人型生命体は、決まってそうした無知な態度を示してきた。

「その腕は、どうやって失った？」彼は尋ねた。

スーの顔がひきつった。閉じた口もとからきしむような音が漏れる。

「そんなの、スーは答えたくないし、そもそも答えられないさ！」シド・ゴンザレスという名の若い人間が叫んだ。

「それに、この場では関係のないことだ！」レジナルド・ブルも声高に主張する。

スケリアは引き下がった。いいだろう、ならばこちらも自分のことは話すまい。けれど、いずれ誰にも邪魔されずにスーと話がしたい、と彼は願った。それは吐き気をもよおすほど恐ろしく、けれど同時に……。

思考の渦に沈んでいく意識を、現実に引き戻す。スーとはいずれ必ず話をする、絶対にだ。誰にも邪魔はさせない。だがさしあたり、彼は目の前のブルという男に向きなおった。

「さて、交渉代表を名乗るからには、あなたは人類の指導者なのでしょうな？」

「ええ」ブルは一瞬のためらいもなく答えた。

ファンタン星人はおもしろくなって、いかにも興味深げな態度を装ってさらに尋ねた。

「ほう、では人類をどこに導くおつもりか？」

今度はブルも言葉に詰まった。それらしい答えを探しあぐねているようだ。

相手が答えを見つける前に、スケリアはさらに追い打ちをかけた。「テラナーと名乗るヒューマノイドの長よ、あなたの称号は？」

ブルは手指を交互に組んだ。「システム・アドミニ……」小声でそう言いかけてから、頭を振って今度は決然と答える。「大アドミニストレーターだ」

「大とは、どれくらい大きいのかな？」スケリアはすかさず聞き返す。

「さっきから、何なんだよ、くだらない質問ばっかりして！」シド・ゴンザレスが怒鳴っていた。突如、少年の体の前を火花がほとばしる。その火花は、少年の指先から直接放出されているように見えた。

きわめて興味深い発見だ。スケリアはさりげなく、人間には確実に読みとれないであろう身振りで、ジェンブスにその発見を知らせた。ジェンブスのほうもすでに気づいていると伝えてきた。エネルギー計測も指示済みだという。計測結果が気になるところだった。

留守役たるもの、常に多くを考え、あらゆる事態を想定しておかねばならない。

「再度のお願いになるが、この船の他の部分に立ち入らせてはもらえんでしょうか？」レジナルド・ブルが尋ねた。「もし、それは難しいということなら、いくつか質問することをお許しいただきたい。たとえば……この《スレガ・ナクート》はなぜ地球に降り立ったのか。この船から飛び立っていった大量の搭載艇の目的は何か。我々は、あなた方ファンタン星人について何も知らない――」

「わかりました」スケリアはさえぎった。そのようなくだらない質問に付き合わされるなど、うんざりだ。いったい、彼らベズンは自分を何だと思っているのか？　これから殺される家畜の仔ボヴィルが、殺される理由を聞いて何になる？　キイロキャベツが「自分はなぜ食べられるのか？」などと訊くものか。もっとも、レジナルド・ブルはその発言によって、彼自身も気づかぬままに、そこそこ許容可能な妥協案を示してくれたわけだが。

「いいでしょう、我々の船をお見せします」

ブルがひどく満足げな顔をしたのは、はたして気のせいだろうか？

レジナルド・ブル

ブルは満足していた。ちょっとした言葉のトリックで、ファンタン星人に船内を見せるよう仕向けることができたのだから。現状においては、そこそこ許容可能な成果と言えた。このスケリアという奴は、ブルが差し出した藁を見事につかんでくれたのである。紡錘型宇宙船の規模を考えれば、異星人たちが「来客ホール」と呼ぶその場所は、さながら使われていないちっぽけな倉庫といったところだった。内壁は鈍い灰色の金属壁で、それが一辺六メートルほどの立方体の小部屋を形成している。

外へと通じる隔壁の手前の床には、深いひっかき傷が残されていた。まるで、獣の鉤爪が金属に食い込むほどの強烈な力で床をかきむしったかのように。さらにブルの目を引いたのは、船の本体部へと続く入り口だった。ドアには開閉機構らしきものが一切見あたらない。ファンタン星人はその入り口に来訪者一行を導いた。

スケリアが近づくと、ドアが自動的に開きエアロック内部の中間スペースが露（あらわ）になった。「除染用の気密室です」ジェンブスが説明する。「除染時に特に痛みなどの不快感はありません。すべてのベズンは、当然ながら相応の保安装置を通過する必要があります」

「ベズンとは何です？」ブルは尋ねたが、はなから答えは期待していなかった。ベズンという概念がファンタン星人にとって何かとても重要な意味をもつことは、これまでのごく短時間のやりとりでも明らかだった。それどころか、そのベズンとやらはファンタン星人という存在の根本であり中核である、そんな印象すらある。予想に違わず、二体の異星人はブルの問いを完璧に無視した。

背後でエアロックの入り口ドアが閉まる。ブーンというかすかな音とともに強烈な青い光がひらめいたかと思うと、出口のドアがシュッと音を立てて開いた。出口の向こうには通路が続いている。その光景は、先ほどまでの「来客ホール」とは一八〇度違っていた。

植物が、無数の容器のなかで豊かに茂っていた。どれもブルがこれまで見たこともないような葉を広げている。青、赤、黄色、それに漆黒。輝くような白と、知覚ではとらえられない何か不思議な色――そう呼んでいいのか、ブルにはわからないが――が混じりあった葉もあった。その色はブルの知覚をすり抜け、彼にめまいを起こさせるのだった。

生い茂る葉の間には、ネオン管のように発光する花が咲いている。シドがまばゆく輝く花の上に身をかがめると、それはたちまち光を失い、鈍い灰色に変わってしまった。すっかり萎れてしまったように見える。グレーの薄い花片が何枚か、灰のようにひらひらと地面に落ちていく。

スーが落胆のため息をついた。少女は、枯れた花の姿に奇妙なほどショックを受けている様子だった。

「それは〝臆病な星戦士ユリ〟だ。気に入ったか？」スケリアがスーに声をかけた。「もう数体サンプルがある」

少女はびくりとして、シドをぐいと一歩自分のほうに引き寄せた。すると瞬く間に、灰色に濁っていた花弁が明るい光を取り戻す。

「ええ、すてき」スーは答えた。「魔法みたいにきれい」彼女がゆっくりと手を伸ばすと、花は今度は近づかれても光を失うことなく、さらにいっぱいに花弁を開いた。そのとたん、そよ風に吹かれて歌う鈴の音のような明るい音色が流れだす。

スーの顔に笑みが浮かんだ。

「離れるんだ」エリック・マノリが注意した。「気をつけなさい、もしかしたら――」

「このユリは危険じゃないわ」スーが言い返す。

スケリアは急いで少女に近づき、腕肢のうちの一本でその体をつかんで引き寄せようとした。スーは体を突っ張らせて抵抗したが、ファンタン星人がぐいと強く引くと、よろめいてバランスを崩してしまう。そして途中までしかない腕の側から、うろこに覆われた円筒形の胴体に勢いよく飛び込んでしまった。異星人の腕のなかで、スーはうめき声をあげて身をよじった。

駆け寄ったシドが、威嚇するように声を荒らげた。「スーを離せ！」

「シド！」ブルは鋭く警告する。急激な怒りに駆られた少年がファンタン星人に素手で殴りかかる光景が、容易に想像できたからだ。彼がナイフや武器をこっそり持ち込んでいなければの話だが。シドは何をするか予想もつかない。事態がエスカレートすることは、なんとしても避けたかった。「スケリア、お願いだ。トラブルはこちらも望んでいない」

異星人は腕をほどいて、スーから離れた。そして、こう説明する。「深刻な危険はありません。ただ、〝臆病な星戦士ユリ〟は催眠効果のある花粉をまき散らし、見る者をたちまち魅了する。特に人型生命体の感じやすい情緒は、これに強く影響を受けるのです。もっとも、我々ファンタン星人にそうした魅了は効きませんが」

「じゃあ、なんで船に乗せてるんだよ？」シドが問いつめるような調子で尋ねる。

ブルには、聞く前から答えが見えていた。「ベズンだからです」予想どおり、ジェンブスがそう言葉を継いだ。

それから、一同は黙りこくったまま通路をさらに進んだ。壁に設けられた空っぽの広い窪みを、いくつも通り過ぎる。さまざまな植物が多種多様な香りを放ち、それらが嗅覚を惑わすポプリのように混じりあっていた。チョコレートのように甘い香りが漂ったかと思うと、脂臭いバターや腐った魚のような悪臭に変わる。

「あいつの体にくっついたとき、どんな感じだった？」シドが小声でそう尋ねるのが、ブルの耳にも入ってきた。

スーは答えをためらった。「……ヌメヌメしてた」ようやくそう答えたものの、自分でもあまり納得していない様子だ。「ヘビみたいな感じ」

「ヘビは乾いてガサガサしてるだろ」

スーは大きくため息をつく。「じゃ、私のなかのイメージのヘビみたいな感じ」

いつしか植物プランターの列は途切れ、壁一面にシダのような植物が生い茂るエリアに出た。シダの葉が数メートルにわたって壁面をほぼ覆い尽くしており、その隙間から金属の壁面がときおりわずかに覗く。このエリアの空気は爽やかで、まるで海辺にいるかのようだった。ただ、唇に感じる塩っぽさだけが欠けている。

先頭を歩いていたスケリアが突然横に向きなおると、壁面の扉が小さく音を立てて開いた。そこに扉があることに、ブルはそのときはじめて気づいた。「どうぞ、なかへ」

一行は促されるままに扉のなかに入った。次の瞬間、ブルはまるで不思議の国に放り込まれたような感覚に襲われた。そこは入船時に通過した気密室とよく似た、倉庫のような部屋だった。ただし、壁一面にびっしりと棚が並び、床にもガラスケースが列をなしている。列どうしの間隔は、ちょうどファンタン星人の円筒形の体が通れるほどの広さだった。

「そんな、これって……！」シドがつぶやく。あの謎めいた「ベズン」という単語の意味を、レジナルド・ブルは一瞬にして理解した気がした。

スケリア

四体のテラナーを部屋に導き入れている間に、通信が入ってきた。その報せは、スケリアをさらに動揺させた。

ロカーンが船内無線を通じて、体内に埋め込まれた受信機に通信を送ってきたのだ。スケリアが選別ゲームで負けた、あのロカーンである。「搭載艇の発進準備が遅れている。というか、より正確にはエンジン部分に磨耗による不具合が見つかった。完全な故障だ。代わりの船は自動操縦機能のない一人乗り小型艇だけだが、こいつの操縦にはレベル4が必要になる」

それ以上説明されるまでもなく、スケリアは理解した。「つまり、おまえはレベル3しか持っていないから……」

「……外に行くのはあきらめて、おまえの代わりに留守番役を引き受けるってことだ。俺のおかげだぞ、感謝しろよ」

それは違うだろう、とスケリアは思ったが、心の内にとどめておいた。ロカーンが相手では議論にもならない。それに、はたしてこれが幸運なのかどうかも、よくわからなかった。なぜなら、再び不安が舞い戻ってきたからだ。だが悩んでいるわけにはいかない。彼は躊躇なく答えた。「よし、わかった。では以降、おまえはジェンブスと協力して、来訪者であるベズンの身の安全を確保してくれ」

「身の安全？　そんな話は聞いてないが」

スケリアはあのスーという少女と、途中までしかない腕のことを思った。

「新たな指令だ」彼はそう言い張った。

ロカーンはそれ以上問いただそうとはせず、ぷつりと通信を切った。彼にとっては、すべてが単純明快なのだ。どこまでも明白で秩序正しいレールに乗って、その上から世界を見ている。奴にはわかるまい。体の一部を失うというのが、どういうことか。ベズンを恐れると同時に、敬い、欲するこの気持ちが。スケリアは、脇を通り過ぎるジェンブスのために道を空けた。ジェンブスは四体のベズンに続いて、ホールに入っていく。対照的に、スケリアはその場にじっと立ち尽くしていた。

すべてを慎重に検討する必要がある。これから、どうすればいい？　この状況を、スー・ミラフィオーレという少女を。スケリアは密かにある計画を練り上げると、来訪者たちの前に決然と歩み出た。「状況が変わりました。私は少しの間、《スレガ・ナクート》を留守にしなければならない。ジェンブス、代行者はすでに決まっている。俺が戻るまで、ロカーンが代わりを務めるそうだ」

レジナルド・ブルという名の人間が、一番手前のガラスケース列の前で両腕を大きく広げた。「こいつはいったい何だ⁉ 搭載艇を派遣した目的は……あんたら、何をたくらんでいる！ 答えろ！」

「自分の立場をお忘れのようだ」ジェンブスが鋭くたしなめる。

「ほう？ どんな立場だって言うんです？」ブルは仲間のほうを振り向いた。「どうやら、船を出たほうがよさそうだ」

「それが可能だと、本気で思っているのですか？」ジェンブスが合図すると、ホールの向こう端に格納されていた戦闘ロボットが一体、壁の窪みから姿を現した。手にした武器はまだ起動していない。しかし、そのメッセージはじゅうぶんすぎるほどに明白だった。

スケリアは最初、ブルの頭部を覆う綿毛がぶわりと広がったように感じた。だが、すぐに見間違いだと気づく。ただ単に、顔が真っ赤になったものだから、同じく赤い毛髪とあいまって毛が広がったように見えたのだ。「どういうつもりだ？」ブルは怒鳴った。どうも、興奮しやすいタイプの人間らしい。「俺たちを脅して、拘束する気か⁉」

「あなた方は、ベズンです」

ブルの醜い顔がさらに赤黒い色味を増す。「そいつはもう聞きあきた！」

「ここはぼくが……！」シド・ゴンザレスが何かを言いかけた。

「落ち着くんだ、シド」それを止めたのはエリック・マノリだ。「きみもだ、レジ！

我々は何ら直接的な脅しは受けていない。思うに、すべては誤解じゃないだろうか」

未成熟なテラナーの胸もとで、ほんの一瞬、火花がひゅんとうなりをあげ、輪を描くように躍った。それらは床にこぼれ落ちる前にかき消え、あるいは床に当たって軽やかに跳ねる。きわめて珍しい現象だった。この若い人間からは目を離さないほうがよさそうだ。

それにしても、スーの次はこれである。この惑星は――住人たちがつい最近まで単に「地の塊」、地球と呼んでいたこの星は、まったくもって興味深い驚きに満ちている。

「船内は自由に移動してもらって結構です」ジェンブスが説明している。「ただし、プライベートな空間については、その限りではありません。おそらく、あなた方の建造物においても同じかと思いますが」

スケリアは相棒の言葉のチョイスに愉快な気分になった。「プライベートな空間」とは！　まるで、それをたいそう重視しているような言いっぷりだ。どうやら、ジェンブスも彼と同じく、しっかりと予習済みらしい。この惑星のほとんどの下位文化では、プライベート領域という概念が大きな意味をもっている。神聖視されている、と言っても過言でないほどだ。ところが、これが情報ネットワーク上となると、そのような印象はまったく感じられないのだから不思議なものだ。実に奇妙な、矛盾に満ちた生き物である。

ジェンブスの巧みな表現は功を奏したようだ。ブルの興奮は目に見えて静まり、他の者たちも落ち着きを取り戻している。エリック・マノリはシドの肩に手を置いており、スーはスケリアから見て彼らの後方に立っていた。

「船を探索なさるといい」ジェンブスが勧めた。「このロボットがあなた方に付き添います。何か困ったことがあれば、お役に立つでしょう」

「人の役に立つ戦闘ロボット、ね」ブルがうなり声をあげる。「ファンタン星人ってのは我々人類の政治家と似た才能をお持ちらしい。ものは言いようってわけだ」

「探索はいいが、船から出てはなりません」スケリアはそう付け加えながら、目では絶えずスー・ミラフィオーレを追っていた。ベズン狩りに出るとき特有の不安感が、彼のなかで蠢いている。それとともに、一種の安堵も。少なくとも狩りに出ている間だけは、軽蔑すべき欠損を忘れて、価値あるファンタン星人のようにふるまえる――。だが、そうしたいつもの感情に混じって、今はもうひとつ別の思いが渦巻いていた。スーを置いていきたくない。彼女の――そう、秘密を聞き出すまでは、この少女から離れたくない。

だが、どうしようもなかった。「じきに戻ります」スケリアはそれだけを言って、一行に背を向けた。

「待ってくれ！」ブルが声をあげた。「あなた方二人は我々の、ええと、世話役だろう？だったら、ここにいる間は質問に答えてもらう。この船から発進して各地に飛び去った搭載艇……彼らの目的は何です？　こちらがこの点について詳細を把握し、各国に情報を伝えることは非常に重要なんですよ。でないと、あなた方に危険が及ぶ。地球各国の指導者が過剰に反応するおそれがありますからな」

「我々に……危険が？」スケリアはあらためて、この人間という生き物に驚嘆した。これまで多くの惑星を訪ねてきたが、それにしても実に珍しい生命体だ。「その見立ては完全に誤ったものだが、お気遣いには感謝します」

ブルは笑った。スケリアには意図を測りかねる笑みだった。「それは結構だが、お答えをいただきたい」テラナーは譲らなかった。「あの搭載艇の目的は――」

「確かに、お答えすべきでしょうな」スケリアは決めた。純粋な気まぐれからだった。「これから私も発進します。あなた方にはジェンブスから受信装置をお渡ししましょう。これを通じて、私が搭乗する船の外部カメラ映像を常にご覧いただけるようにします」

「それって、あなたの見ているものを、私たちも見られるということ？」スーが尋ねた。

「そういうことだ。正確には、私の船が見ているものだがね」

人間たちは黙りこんだ。

「ご満足いただけたかな？」スケリアは尋ねる。

「受け入れ可能な提案だ」ブルが答えた。「さしあたり、お礼を申し上げる。それで、どちらに向かうのです？」

「あなた方人類がインドと呼んでいる国家の……そう、ラシュトラパティ・バワンに」

「首相官邸に――？」

「そう言いませんでしたかな?」スケリアはそう言い残して立ち去った。一人乗り小型艇が彼を待っている。……ベズンと、そして苛むような不安も。

9

感情を超えた何か

リコ

海への憧憬は、単なる感情を超えた何かだった。進むべき道を予感したのとも違う、磁力よりもなお強烈な何か。それは、私の定め、私の使命に関することに違いなかった。私のなかの何かが、それを覚えている。そして反応しているのだ。理性の意識部位に必要な情報が伝達されるよりも先に。

私はそれを疑わなかった。これは——そう、直感だ。事実に基づく知識を超えた信念だ。

私はさらに数時間ほど小さな塩湖のほとりに立って、人間らしい外見が細部まで完成されるのを待った。指先の肌に微細なしわが刻まれ、耳殻が複雑な凹凸を帯び、あらかじめ完璧な形状に成形された歯にうっすらと変色が施されていく。左の眉の上には、目立たない程度の小さな傷跡。子供時代のわんぱくの名残だ。

海への憧憬に導かれるままに歩き出すその前に、最後にひとつ問題が残っていた。ここからの長い道のりを、他人の助けなしに踏破することはできない。情報メモリの地理データによれば、海を眺められる最寄りの海岸までは一六〇八キロの距離があった。そして、人の助けを借りるということは、すなわち、裸のままではまずいということだ。

　そこで私は身をかがめ、塩湖の底から塩の結晶をひとかけ折り取って岸辺に置いた。さらに、近くの岩の間で干からびた植物の枝を見つける。か細く、生命力の欠片（かけら）もない枝だ。それから砂をひとつかみ掻き集めると、合成プロセスに必要な塩水の量を算出した。

　やがて、私は処理を開始した。適切な衣服の合成には一時間以上を要したが、結果は満足のいくものだった。とはいえ、欠陥を完全に排除することは不可能だ。衣服はいくつかの箇所で、私の体と結合されていた。そうしなければ生成できなかったからだ。つまり、この服は文字どおり私に属している。これを脱ぐには、一度体内に吸収して構成物質を体外に排出しなければならない。

　まあ、さしあたりは問題ないだろう。

　私は足早に歩きだした。我が身の生体部位が休息を必要とするまで、少なくとも一二時間はこの速度を維持できる。

　私は、この惑星の住人に紛れて移動するつもりだった。臨機応変に人間を装いつつ、あとは成り行きに任せるのだ。金星基地で形成したアルコン人としての仮の姿よりも、新たに得た人間の姿のほうが、この惑星ではずっと動きやすいはずだ。行く手に何キロにもわたって延びる砂利の上に、熱がゆらめく。

私は歩いた。

ひたすらに歩いた。

再び呼吸ができていることに、心地よさを覚える。それどころか、私の体は人間特有の身体反応までも忠実に再現していた。汗が滝のように体を伝い、心臓の鼓動が速くなる。そういった小さな現象を楽しむ余裕も、刻一刻とつのる海への憧憬がなければ、あるいは持てたのかもしれない。つのる思いは心を乱し、冷静な論理的思考を阻害した。もっと五感への刺激があればよいのだろうが、ゴビ砂漠の岩石地帯は単調きわまりなく、気をそらしてくれるものもない。

だから、私は歩いた。

ひたすらに歩いた。

太陽が地平線の端にかかる頃、アスファルトの敷かれた道路に出ることができた。路面の状態はひどく劣悪だった。視界に入るだけでも、一二か所でアスファルトが剝がれ、深い凸凹ができている。

私は情報メモリの地理データを呼び出した。こういうとき、生体脳は何の役にも立たないからだ。データによれば、ここから東に向かえば多少状態のよい道路があり、より迅速に目的地に近づけるようだ。

そこで、私は歩いた。

ひたすらに歩いた。

日暮れ時のわずかなひとときで、空気は急速に冷え込んだ。闇が漆黒のスカーフのようにすべてを覆い隠そうとするなか、私は物質変換によって体内に温熱発生源をつくりだし、生体部位を冷えから守った。

ふと、うなるような機械音が耳に届いた。地面越しに伝わるかすかな振動。それからだいぶ経った頃、車のヘッドライトがようやく追いついてきた。

「あんた、幸運だったな!」

声とともに、むっと臭う息が助手席の窓越しに顔にかかった。「ありがとう」この文化圏における儀礼的規範に則って、私は返した。

トラックの運転手は一〇〇歳になろうかという見た目の老人だった。「乗りな。夜にゴビ砂漠を一人旅なんざ、賢い考えとは思えねえな。なんだ、水も持ってねえのか?」

「水は尽きてしまった」私は嘘をつきながら、勧めに従って助手席に乗り込んだ。水を見たのはあの塩湖が最後だが、必要ならいつでも自力で合成できる。

老人は、私には意味の定かでない文言を何やらつぶやきながら、ハンドルのボタンを押した。かすかな作動音とともに座席の間のフラップが開き、中から冷気が立ちのぼる。

「好きに取りな」

私は小型冷蔵庫に手を入れ、隙間なく詰め込まれた水入りペットボトルの一本を手に取った。「ご親切に」

「いいってことよ。こっちは孤独な一人旅だ。お返しに、何かおもしろい話でも聞かせてくれや。嫌だってんなら、降りてくれてもいいんだぜ？」

私は著しく非合理的な構造のボトルキャップと格闘したすえに、ようやく開栓に成功すると、水を飲んだ。鉄分を多く含む水だ。人体には多すぎる量だが、私の体には実に有益だった。鉄分は単純な物質変換を経て、かつてはバラバラだった部品をつなぐケーブル網に投入されていく。

「そうそう、俺の名はタケゾーだ」

「リコ」

「妙な名前だな」

返答として、私はただ微笑むことにした。彼のほうで好きに解釈してくれるだろう。

「で、あんた、どこから来たんだ、チコ？」

どうやら彼は名前を聞き間違えたようだ。私はあえて訂正しなかった。「砂漠から」

タケゾーは口のなかでうなるような音を発した。「へえ！　そりゃ驚きだぜ、砂漠からねえ？　ここは砂漠のど真ん中の一本道だぜ？——このクソみたいな代物を道って呼んでいいならの話だが」

　私がさらに当たり障りのない言い訳をでっちあげたそのとき、彼がこう続けた。「テラニアから来たんだろ、違うか？　あの——おっと、悪く思わんでくれよ——気ちがいどもの一人ってわけだ。幸せを求めてやってきたのに、結局そこにいる連中も臭い小便を垂れ流してるだけだって気づいた、そんなところか」

　いかにもありがちで、可もなく不可もないストーリーだ。そこで私は「ああ」と答えた。

「おまえさん、ずいぶんと無口だな。言ったろう？　徒歩に逆戻りしたくなきゃ、もうちょい盛り上げてくれよ」

「テラニアには、ひどく失望させられた」私はでまかせを言った。理由はどうあれ、これがタケゾーのもっとも聞きたがっている答えだと推測したからだ。「もっと全然違うものを思い描いていたんだ」

　この発言は、タケゾーから満面の笑みを引き出すことに成功した。「俺に言わせりゃ、何もかもいかれてるぜ。エイリアンはエイリアンらしく、今までいた場所に引っ込んでりゃいいんだよ。とっとと宇宙に帰れ、地球は俺たち人間のもんだ——これで万事解決だろうが。よそ者なんぞ、いらないんだよ」

　不可思議で、浅はかで、偏狭な考えだ。「ああ、そのとおりだ」

それから、タケゾーは一人延々と喋りだした。私はときおり背景音楽のように、肯定の相槌をうつのみだった。どうやら、彼はかなりの喋り好きらしい。

私は車窓から夜闇を眺めながら、徐々に会話をタケゾーの目的地に関する話にもっていった。喜ばしいことに、彼は私が目指す場所のかなり近くまで連れていってくれるらしい。私が目指す海。その岸辺で……何かが、私を待っている。

タケゾーはぼりぼりと頭を掻くと、指に絡まった髪の毛を振り落とした。「ちくしょうめ！　またカツラの毛が抜けやがった！　地毛はとっくに抜けちまったってのに、今度はこれだぜ。俺はな、もう何年もガンを患ってる」彼は豪快に笑った。「数週間ごとにキツい化学療法を受けてるんだ。どれだけキツいかわかるってもんだろ？　なにしろ、カツラの毛まで抜けちまうんだからな！」

冷静な費用対効果分析に基づいて、私は笑った。もうしばらくは彼の車に同乗したい。そのためには、相手の機嫌を損ねるわけにはいかなかった。重要なのは海に近づくこと、それだけだ。私は海に近づいている。ゆっくりと、しかし止めようもなく。

10

光取り戻す者

トーラ

トーラの目の前で、ラス・ツバイが唐突に実体化した。彼はあえぎ、両手でこめかみを押さえたまま、ぐらりと一歩よろめく。その体が傾ぎ、戦略ホログラムに突っ込むように倒れ込んだ。いくつものシンボルがラスの顔をかすめ、黒い肌の上できらきらと輝き、縮れ毛のなかを躍る。

トーラは、コンラッド・デリングハウスがラスに駆け寄るのを確認した。よかった。これで自分は新たに登場したもう一人の者に対処できる。ラスとともに無から現れた、人間によく似た青い肌のずんぐりした生命体に。おそらくテレポート直前に座った姿勢をとっていたのだろう、この異星人は床上数センチのところから落下しただけで済んだようだ。だが、その両手は首に食い込み、開けっぱなしの口が空気を求めてあえいでいる。

トーラが異星人の上にかがみ込むのと、タコ・カクタがその傍らにひざまずくのが同時だった。「空気が足りていないようです」彼は自明の診断を下した。

「……窒息寸前だった」ラス・ツバイが弱々しい声をあげた。だが、現れた当初の衰弱しきった様子からは明らかに回復している。おそらく、長距離テレポートによって一時的に消耗していただけなのだろう。

「救命カプセル内部の環境は？　酸素環境でしたか？」トーラは声を張り上げた。「ミスター・ツバイ、答えてください！　この船の空気は、この者にとって毒も同然かもしれない――！」

「酸素環境でした……地球とよく似た」そこまで言ったところで、テレポート能力者は激しく咳き込んだ。「いいから、横になってろ」コンラッド・デリングハウスがそう声をかけているのがトーラにも聞こえた。

タコが異星人の手を喉からはずさせている。「ここなら、もう大丈夫です」彼はそう声をかけたが、自分の言葉が相手に通じるはずがないことは重々承知しているはずだ。おそらく、安心感を与える友好的な声のトーンが相手に伝わればと願っているのだろう。トーラはタコに続いて、同じ内容をアルコン語でくり返した。

異星人が鋭く息を吸い込んだ。白目を剝いたまま、何とか体を起こそうともがき、しかし再び床に崩れ落ちる。その手は胸もとを探っていた。

「人間と同じだ……やはりあの部分に痛みを感じるんだ。あるいは、心臓の異常を恐れているのか……」タコが言った。「彼の同族を見ていないので何とも言えませんが、驚くほど私たち人間に似ているように思えます」

「そう結論づけるには早すぎるわ」トーラが忠告する。「あのしぐさには、まったく別の意味があるのかもしれません」

「彼は……持ちこたえるでしょうか」デリングハウスに体を支えられて、ラス・ツバイが問いかけた。

「内臓に損傷がなければ、おそらくは。けれど、これはあくまで表面的な推測ですし、誤りの可能性もあります。そもそも彼らヴェガ星系の住人は、私にとっても未知の存在なのですよ。彼らが宇宙船を持っていることは確かですが、その存在については、私もこれまで聞いたことがありません」

タコはトーラにうなずきかけた。「もしかしたら、彼らの宇宙船には超光速航行能力がないのかもしれません。だから、この恒星系のなかでしか活動していなかった……」そこで彼は視線を落とし、軽く頭を振った。

「どうしたのです？」

「〝恒星系のなかでしか〟とは、皮肉なものですね」日本人はようやく続けた。「それですら、我々人類に比べたら、はるかに進んでいるのに。我々はこの星系にだって、アルコンの技術なしには到達できなかったんですからね」

だが、それ以上の議論は中断された。異星人が両手を床について上体を起こしたからだ。荒い息をつき、唇を震わせている。その口から、意味のわからない音節の連なりが紡ぎ出された。硬質な響きの、破裂音の多い言語だ。

「話し続けてください」トーラは促した。「発話量が多いほど、翻訳機の言語分析も早く進みます。そうすれば、すぐに翻訳が開始されるわ」たとえ意思疎通に壁があっても、こちらが語り続ければ相手も勇気づけられるのではないか、トーラはそう願った。それに運がよければ、彼らも高度な翻訳技術を有しているかもしれない。似たような装置を携帯している可能性もあった。翻訳装置はさまざまな形状をとり得る。たとえば、今彼が制服の留め具から下げているチェーン。あれに翻訳機能が内蔵されている可能性もゼロではない。チェーンの先端はポケットのなかに消えていた。

青い肌の異星人は、さらに単語やフレーズを発し続けた。その視線がトーラからタコへ、そしてその他の面々へとせわしなく動く。やがて異星人はラス・ツバイを認めると、彼に向かって両手を斜めに重ね合わせ、伸ばした両親指の上でアーチ状の空洞をつくってみせた。自分の命を救ってくれた男に対する、感謝のジェスチャーかもしれない。

ラスは船外にいる仲間に無線連絡をとり、これまでの経緯と、すでに船内にテレポートしたことを伝えた。ローダン、アンネ・スローン、ダーリャ・モロソワの三人は戦闘スーツを駆り、即刻《グッド・ホープ》への帰路についた。

〝状況は刻一刻と変わっていく〟トーラは考える。あの頑固なローダンは、この戦争の背景について詳しいことを知るまでは、そう簡単に諦めないだろう。そしてトーラにも、彼の行動原理はわからなくもなかった。強大な侵略者が、故郷である太陽系に今にも襲いかかるかもしれない——それはじゅうぶんあり得る脅威と言えた。

生き残った異星人がはたして何を知っているのか、無謀な救出ミッションは報われるのか。すべては、じきに明らかになるだろう。そう、確かに彼らは、ひとつの命を救った。未知の生命体のうちの、たった一人を。だが船外では今も、破壊と暴虐の狂宴が続いている。侵略側の力が相手をはるかに上回ることは、時を経るほどに明白になっていた。防衛側の艦が一隻また一隻と撃沈され、乗員を奈落へと引きずり込んでいく。

トーラはすでに特殊な位置測定を行い、侵略側の艦船と科学技術に関してさらに情報を得ようとしていた。だが、結果はなかなか入ってこず、解析は遅々として進まない。彼女は《グッド・ホープ》の被った損傷を呪った。これが万全の状態のアルコン最新鋭艦であれば、必要な情報はとっくに揃っていたのに。だが、一万年前に造られたスクラップ同然の搭載艇では、そうもいかない。もっとも、同行の人間たちにとっては、この船も夢の技術に見えるようだが。

いつしか、ヴェガ星系の防衛艦隊は絶望的な退避作戦にでていた。数か所に結集して、無人の惑星や衛星の陰に入って時間を稼ぐ。だがそれも、避けられぬ最期を引き延ばすだけの行為に思われた。

船搭載のポジトロニクスが、ローダンらが《グッド・ホープ》に帰投したと報せてきた。よし。トーラは航路をインプットして、より危険の少ない宙域に移動を開始した。激しい戦闘の中心となっている宙域から遠く離れた場所に。

ペリー・ローダン

戦闘スーツを脱いでいる時間がもどかしい。永遠にすら思えた。ローダンは脱ぎ捨てた戦闘スーツもそのままに、《グッド・ホープ》の司令室に向かって走り出す。そこには今、ラスによって救出された生存者がいるという。ヴェガ星系の住人の姿を、ついにこの目で見ることができるのだ。

司令室に着いたローダンを、アレクサンダー・バトゥーリンが迎えた。「異星人は生きている。持ち直した」ロシア人宇宙飛行士は短く的確に伝えてくる。この男特有の、プロらしい、しかしそっけない態度だ。「意思疎通は、まだできていないが」

「現在、対処中よ」トーラが離れた場所から応じる。「翻訳解析に最初の進展があったわ」彼女は依然として、光輝く仮想コンソールの間にいた。危険が生じた際にすばやく船を動かせるよう、常に待機しているのだ。《グッド・ホープ》はいつ何どき戦闘に巻き込まれてもおかしくなかった。

彼女の二歩ほど手前に、青い肌の何者かが壁によりかかるように座っている。ラス・ツバイとタコ・カクタの両テレポーターが、その傍らにしゃがみこんでいた。ローダンはそれを見て安堵した。その光景が象徴するのは、苦しむ被救助者と同じ目線に立って寄り添おうとする救助者の姿だった。文字どおり、相手と同じ高さまで身をかがめて。たとえ言葉が通じなくても、この身振りを見ればきっと伝わるはずだ。我々は敵ではなく、彼を助けたいのだと。

——もっとも、この異星人のほうが敵でなければ、の話だが。その点でも、傍らにいるのがテレポーター二名なのは幸いだった。もし異星人が突然攻撃に転じたら、そのときは文字どおり、司令室から「消えて」もらえばいい。暴れてもたいして被害が出ないであろう、どこか別の船内エリアに。

とはいえ、そこまで大事に至らないことをローダンは願っていた。いや、なかば確信していたと言ってもいい。彼は異星人に歩み寄り、自分も同じように床に腰をおろした。胸に手を当てて、「ペリー・ローダン」と名を告げる。

目の前の相手は、漆黒の瞳でローダンを見つめた。感覚を惑わす青い肌色の顔に、黒炭のような瞳。異星人は何か言葉を口にした。チャラトティヒト、と言ったように聞こえる。彼の名前だろうか？　もしや、ローダンの意図が伝わったのか？

「無駄な努力はおやめなさい」トーラが少し可笑しそうに助言した。「あなたの意図はわかります。でも、彼には伝わっていないわ。彼らの身振りや身体言語は、あなた方人間のそれとは根本から違うのですよ」

「本当にそうだろうか？」ローダンは問いただす。「さっきのは彼の名前かもしれない」

「いいえ。彼は、あなたの言っていることがわからない、と伝えただけ」アルコン人女性は言い返した。

「なぜそんなことが――」

「翻訳機がいくつかの単語の解読に成功し、アルコン語への翻訳を開始したからよ。翻訳に成功した箇所はディスプレイに表示されるわ」トーラは満足げに言った。「翻訳機能が完全になりしだい、英語でも出力されるようプログラムを調整します。それまでは、私が仲介を務めるわ。正確な意思疎通ができるようになるまで、そう時間はかからなくてよ」

アンネ・スローンがさっと異星人の隣にひざまずいた。手には水の入った小型ペットボトルが握られている。《グッド・ホープ》発進時に、彼女がテラニアから急ぎ詰め込んだ備蓄の一部だった。あちこち凹んだボトルには、中国語のラベルが貼られている。

異星人はボトルを手に取ると、少しの間じっとそれを見つめ、それから口に当てた。ほんの少し飲んでから、ローダンとアンネに目をやり、さらにもっと飲む。彼は再び何かを口にした。トーラがひと言で簡潔に翻訳する。――ありがとう。

どうやら今の今まで、異星人に水を渡すことに思い至った者はアンネ・スローン以外にいなかったようだ。考えてみれば確かに、彼は救命カプセルで窒息しかけ、空気を求めて無我夢中であえいでいたのだ。口と喉がからからに渇いているのも当然だろう。

〝といっても、この異星人の身体機能が俺たちと似ていればの話だが……〟ローダンは考える。〝見るかぎり、その可能性は高そうだな〟

翻訳機による未知の言語の解析は急速に成果をあげつつあった。これにより、さらに話し続けるよう異星人に促すことも可能になった。さらに、トーラはいくつかの物を指してその名前を言わせては、それから数分かけて分析のための一般的な質問をいくつも投げかける。やがてトーラは満足げに、これで大幅に正確な意思疎通が可能になったと告げたのだった。

青い肌の異星人はカクトールと名乗り、自分はフェロン人だと述べた。

ローダンも同じく名乗ってから、こう続ける。「私は惑星テラの者です。テラはここからわずか数光年の距離にある」――〝わずか〟か。彼はふと思う。ほんの数週間前までは、自分がそんな表現を口にすることになるとは思ってもみなかった。「我々は緊急通信をたどって、ここまで来たのです」

「我らフェロン人は、この恒星系の外に出るだけの技術力を有しません」カクトールは説明した。「我らは、この星系内の、生存に適した環境をもつ複数の星に居住しています」

「あの侵略者たちは何者です?」ローダンは尋ねた。

「彼らはトプシダー。とても……恐ろしい奴ら。見た目は我々とまったく違って――」

「〝トカゲ〟」トーラが言う。「緊急通信では、そう言われていたわね」

異星人は何かを左手でまさぐった。制服からぶら下がり先端がポケットに入れられた、あのチェーンだ。「私は、彼らの姿をじかに見たことがありません。映像だけ。トプシダーはどこからともなく現れ、我らフェロン人に隷属を迫った。我らは拒絶しました」カクトールの右手が、まだ手にしたままだったペットボトルを強く握りしめる。水が飛び散ったが、異星人はそれにすら気づかない。「その代償を、我らは今、払わされている」

〝それが、この宇宙戦争〟ローダンは悟った。〝トプシダーは、自ら屈服を選ばなかったからという理由で、フェロン人を虐殺しているのだ。明らかに力の劣る相手を一方的に殺戮して……〟もしカクトールの言うことが真実ならば、この戦でどちらの側につくべきかは、ますますもって疑う余地もなかった。

だが、フェロン人に助力するといっても、いったいどうすればいい? ローダンの心は全霊で助力せよと叫んでいる。しかし、そのための方法がなかった。彼は地球に帰還しなければならない。ローダン自らが決めた帰還期限はすでに過ぎている。テラニアでは、みんな待っているはずだ。

「カクトール」ローダンは言った。「我々はこの星系を去り、故郷に戻らねばなりません。ただ――諸々の事情から、あなたを船から降ろすことは難しいのです。今この状況でどこかの惑星まで航行するのは危険すぎる。我々にとっても、あなたにとっても」

「行って……しまわれるのですか？　我らを見捨てて？」

「今は他に方法がないのです。カクトール、あなたには一緒に来ていただく以外ありませんが、しかし約束します。できるかぎり早く、あなたを再び故郷に――」

「あなた方は立ち去れない……立ち去ってはなりません！」

続く異星人の言葉に、ローダンは殴られたような衝撃を覚えた。「あなたは……あなた方は、光取り戻す者なのです！」

11

飛来

ジョン・マーシャル

ユーロコプターX5のモーター音がスタッカートのリズムを刻む。推進用プロペラの穏やかな振動が、ここ数日ジョン・マーシャルの安眠を奪っていた緊張と重圧をどこかに追いやってくれた。

その超高性能ヘリコプターには、二重反転プロペラと小型翼を組み合わせた複合技術が採用されている。これに加えて、ウイングレットに取り付けられた二枚の付属プロペラがさらなる推進力を生み出すことで、時速六〇〇キロ近い最高速度が実現されるのだ。そのユーロコプターは今、インドに向けて空を疾駆していた。

旅客室に振動音が満ちる。マーシャルは体の力が抜けていくのを感じた。大きく息を吸い込み、吐く息とともに座席にさらに深く身を沈めていく。インテリジェント機能を備えた座席の背もたれが即座に反応し、マーシャルの姿勢変化に応じてコクーン状の形状を調整してくれた。

シートベルトが締めなおされ、腰のあたりでマッサージ用の球体がやさしく転がりだす。テレパシー能力者は《グッド・ホープ》のことを思った。今頃、ローダンや彼に同行したメンバーたちはどんな体験をしているのだろう。ローダンがアルコン人を伴って月から帰還し、世界を文字どおり根本から揺るがしたあの日から、およそ五週間。

たったの五週間だ。

その頃のマーシャルはまだ、自身が創設し運営する保護施設ペイン・シェルターにいた。頭の痛い資金問題に奔走し、双子のディモンとタイラーのエスカレートする暴力に振りまわされ、一六歳の肥満児シド・ゴンザレスの子供っぽい宇宙熱に付き合わされて。シドは《スターダスト》の宇宙飛行に夢中になっていたものだ。

ジョン・マーシャルにとって世界は、当時からすでに今と同じくらいに恐ろしく、幻滅に満ちていた。けれど、その次元の、視点の、規模の、なんと大きく変わったことか！

マーシャルはあの小さなペイン・シェルターを出発点に、奇妙な出来事の連続に導かれるようにして、地球における新たな権力の中枢にたどり着いた。テレビで多少見たことがある程度だったペリー・ローダンやレジナルド・ブルといった重要人物たちが、今では個性豊かな実在の人間として、彼のすぐそばにいる。

かつてのマーシャルにとって一番の大仕事は、裕福で寄付の見込めそうな観光客を相手にした施設ツアーだった。その自分がいつの間にか、まさに全人類の未来をかけた任務についているのだ。

マーシャルはアラン・D・マーカントとともにアジアの諸大国に向かっていた。彼らの乗るスタイリッシュな複合ヘリコプターは、ドイツ政府から贈られたものだ。ドイツでは、テラニアに好意的な新政権が誕生していたのである。マーシャルたちの目的は、アジア諸国の首脳たちに働きかけ、ファンタン星人への一致団結した、さしあたり平和的な対応を求めることだった。ファンタン星人の意図は今のところ、まだ謎に満ちている。しかし核保有国が一国でも攻撃に転じれば、人類はかなりの確率で破滅を迎えることになるだろう。

ファンタン星人の背景事情や技術力について判明している情報は、好意的に言っても非常に乏しい。彼らが人間の倫理的枠組から見て「善」なのか「悪」なのか、あるいはそもそも、あまりに違いすぎて人間と同じ尺度で測ること自体がはなから不可能なのか——誰にも予想がつかないのだ。

星系間の巨大な間隙を飛び越えるほどの高い知性をもった生命体であれば、障害や困難への対処手段も心得ているはずだ、とマーシャルは確信していた。遠く離れた恒星系に旅立つ者が、不測の事態に備えていないわけがない。

そしてその際、彼らがもっとも重視するのは、自分たちの船と生命と任務を守ることだ。

したがって、ファンタン星人に核攻撃でもしようものなら、彼らの反応がエスカレートすることは確実だった。そうなれば、アルコンの夢の技術をもってしても抵抗は難しいだろう――少なくとも、今地球にあるわずかなアルコンの技術では。

もしマーシャルとマーカントが――あるいは、彼ら以外の外交担当チームが、世界の政情調整に失敗したら。そのときは、ペリー・ローダンの掲げる人類の統一というヴィジョンも、《グッド・ホープ》のヴェガ星系からの帰還を待たずして水泡に帰すことになる。

マーシャルは心臓の鼓動が速くなるのを感じた。仮初めの心穏やかなひとときも、どうやらここまでのようだ。めまぐるしい思考を抱えたまま、静かに眠れるはずもなかった。

「さながら猛禽類だな！」マーカントの声が響いた。

ジョン・マーシャルは目を開けた。向かいの席に座るアラン・マーカントが、シートの肘掛けに据え付けられたイオン・ディスプレイを起動させたのだ。イオン化された空気流の生み出す映像が、ユーロコプターの振動でかすかにちらつく。反対側にいるマーシャルからは左右反転して見えるその映像は、ファンタン星人の小型艇の様子をとらえていた。小型艇の群れが、世界各地の有名スポットに飛来する様子を。

シアトルのスペースニードルに、ローマのコロッセオに、ベルリンのテレビ塔に、そして、かつては世界一高いビルと呼ばれたドバイのブルジュ・ハリファに。さまざまな名所の上空に浮遊する小型艇は、確かに猛禽類のような印象を与えた。何時間でも空にとどまり、切れるような鋭い目で地上のネズミや獲物を探す。そして、ねらいを定めるやいなや、猛然と地上に急降下するのだ――。

「ファンタン星人が地球にやってきたのは、略奪が目的だと思いますか？」

若々しい顔だちの老諜報員は、考え深げに手を振ってみせた。「この地球に、異星人が価値を見いだすようなものがはたしてあるかね？」

マーシャルは肩をすくめる。「わかりませんが……原料とか、水とか、食料とか」

「現実的ではないな」とマーカント。「お粗末な環境サイエンス番組のように聞こえるね。そもそも、あの小型艇といいテラニア前に降り立った紡錘型宇宙船といい、大規模な物資輸送に適しているようには見えない。略奪目的だと言うのなら、なぜあんな比較的小さな船でやってきたんだね？　星系間飛行において船体の大きさが障壁になるとは考えにくい。もし私なら、略奪に出るときは可能なかぎり大きな貯蔵スペースを用意するがねえ」

「太陽系のすぐ外では、貨物船の大群が待機しているのかもしれませんよ」

マーカントは丁寧に剃りあげられた顎を掻いた。今はヘルメットのベルトがその顎を横切っている。「それも考えにくいな、ジョン。彼らの行動はこれまでのところ、完全に無駄がなく一貫している。いいや、違うね、もし貨物船が同行しているのなら、とっくに地球大気圏内で待機しているはずさ」

「では、もっと小さな貴重品が目当て、という可能性は？　鉱物とか、貴金属とか……スカンジウムや、イットリウムや、ネオジムのようなレアアースかもしれない」

　マーカントの顔に辛辣な笑みが浮かんだ。「彼らがそれを手に入れて、どうするというのかね？〈ポッド〉技術を模倣するとでも？　ジョン、きみが投資銀行時代にネオジム相場でひと儲けしたことは知っているよ。だがね、ここはひとつ現実を直視しようじゃないか。この空の上には——」マーカントは左手の親指で客室の天井を指した。「所有者のいない岩塊がいくらでも漂っている。中国全土の鉱山で一〇年かけて産出されるよりも、はるかに大量のレアアースを含む岩塊がね。地球上では稀少とされている物質が、その辺の小惑星の主要構成物かもしれないのだよ。そして、ファンタン星人はそういった小惑星を楽々と見つけだせるはずだ。想像してみたまえ、直径一キロにも及ぶポロメチウムやサマリウムの巨大な塊を。きみの相場師としての勘がびんびんいうこと請け合いだ」

　マーカントの言葉に悪意がないことは感覚でわかる。だがそれでも、マーシャルは言い返した。「アラン、なぜそうやって投資家時代の私の過去をいちいち持ち出すんです？　ペイン・シェルターでの私の仕事ぶりは、ちっぽけすぎて皮肉の的にもなりませんか？　だいたい、そう言うあなたの経歴はどうなんです？　……私が国土安全保障省（ホームランド・セキュリティ）をあまりよく思っていないのはご存じでしょう？」

　マーカントは笑った。「気を悪くしたのならすまない、ジョン」彼はマーシャルの頭を指さす。「だがね、私がきみを深く尊敬していることは、言わずとも伝わっているはずだよ。——きみの前で隠し事は不可能だという、ただそれだけの話ではなく、ね」

ちょうどそのとき、操縦席からパイロットの声がした。「現在、ニューデリー上空。着陸許可が出ました」カリンでいいわ、と自己紹介してきた女性パイロットである。「首相官邸の前庭に直接着陸できるようです」

マーシャルは思わず姿勢を正した。シートの背もたれが寄り添うように彼の動きを追う。「我々が優秀な外交チームかどうかが、これから試されるわけですね」そう言って、目もとに残った眠気の最後の名残を拭いとる。「自分がインドの地に降り立つだなんて、まだ信じられない気分ですよ。実は子供の頃からインド旅行に憧れてたんです。でも、パキスタンとの核戦争危機が長く続きましたからね、長いこと旅行は諦めていた。両国が電撃的に和平条約を結んだ頃には、私はもうペイン・シェルターにかかりきりでしたし」

ユーロコプターが突然前のめりに下降を始めたため、マーシャルは慌ててシートの背もたれにしがみついた。「——どう思います、アラン?」暴れまわる胃の感覚から気をそらすため、彼は問いかけた。「古くから憎しみ合ってきた宿敵同士のインドとパキスタンが、なぜ突然、和平に至ったんでしょう?」

マーカントは額にしわを寄せた。「そこなんだがね、実のところ、その点については世界中のあまたの秘密諜報員やトップ外交官が頭を悩ませてきたが——真相は謎のままさ。チトラ・シン首相とパキスタンのアジフ・アクラム大臣は、カシミールをめぐる先の戦争以降、たった三度しか和平会談を行っていない。そのわずか三度の会談で、両国は和平条約締結にこぎ着けたわけだ。きわめて異例だよ、これは。……まあ、政治の世界にだって、嬉しいサプライズのひとつくらいあっても良かろうさ」

彼らはしばし、それぞれの思考に沈んだ。やがて、マーシャルが再び口を開いた。「その……私はどう振る舞えばいいでしょう？」

「とっかかりは私に任せたまえ、ジョン」マーカントは微笑んだ。「それから先は臨機応変に対応しながら、きみの能力で首相の心の動きを読むんだ。こちらに有利になりそうな感情をとらえたら、それをうまく利用して主導権を握る」

「私は何の外交訓練も受けていない一般人ですよ？」

「その代わり、優れた力を持っているだろう？」マーカントは今度は声をあげて笑った。「その能力は訓練などよりずっと強力さ。そもそも、複雑な外交ゲームをしようっていうんじゃない。我々がすべきは、首相を説得することだ。そのためには、きみのその共感力——まあ、呼び名はさまざまだが、そいつが大いに役立つはずさ。凄腕の外交官などよりも、はるかにね」

マーシャルはただうなずいた。窓の外に薄桃色の建造物が見えてくる。インドの長が住まう宮殿、ラシュトラパティ・バワンだ。国家施設であるこの建造物は、総面積一万九〇〇〇平方メートル以上。巨大なドームを備えた本殿と外壁は赤砂岩で造られており、それがこの宮殿のピンク色の外観を生み出していた。

ユーロコプターX5が着陸した。プロペラの回転も止まないうちに、パイロットのカリンが操縦席を降りてドアを開け、マーシャルらがシートベルトをはずすのを手伝ってくれる。彼女はヘルメットをとり、赤銅色のメッシュが入ったハーフロングの金髪を振った。そして、騒音に負けない大声で話しかけてくる。「本当にすてきな鳥ね、この子——あなたたちも私と同じくらい、フライトを楽しんでくれてたら嬉しいわ」

マーカントがひとつうなずいて、折り畳んだジャケットを手に快活な女性パイロットの脇を通り過ぎる。マーシャルも軽く目礼しつつ、急いで同行者の後を追った。意外なことに、この美しい女性パイロットは元諜報員の小男に好感を抱いているようだ。マーカントのほうがどう思っているかは、マナー上、あまり深く探るのはやめておいた。

マーシャルはあらためて周囲の様子に意識を向けた。五〇メートルほど先で、黒塗りの高級リムジンが彼らを待ち受けている。二人は無言でリムジンに向かって歩きだした。

空には雲ひとつなかった。マーシャルは天を仰ぎ、眩しさに目を細める。頭上には全長四四メートルのジャイプール円柱が高くそびえていた。柱の頂にはブロンズ製のハスの花が設(しつら)えられ、その上に絶妙のバランスでガラスの星が載っている。星は太陽の光を散らして、きらきらと輝いていた。そして、そのさらに上——どこまでも青い空には、おぼろげな影が浮かんでいる……。

ラシュトラパティ・バワンは、その建築様式も、外壁を守る石造りのゾウをはじめとする数々の装飾も、いかにもインド的だ。それでいて、この宮殿には隠しようのないイギリス的雰囲気も漂っていた。本殿にそびえる壮麗なドームは、ロンドンのセント・ポール大聖堂に載っていても違和感がないほどだ。

よく手入れされた庭園は濃い緑にあふれ、赤砂岩でできた建物外壁のピンク色と鮮やかなコントラストを成している。マーシャルは鼻をくんくんさせた。渋みのあるスパイシーな香りが辺りに満ちている。花の芳香に、開け放しの厨房の窓から漂う料理の匂いが入り混じった香りだろうか。

リムジンの前では、インドの女性首相が二人を待ち受けていた。傍らにはスーツ姿に淡青色のターバンを巻いた屈強な男性が二人控えている。チトラ・シン。先代首相であるマンモハン・シンの甥の娘である。彼女は伝統的なサリー姿だった。白いサリーの裾部分は青く縁取られ、豪奢な刺繡が施されている。シン首相はすっと背筋を伸ばした完璧な姿勢で、褐色の顔をこちらに向けていた。ほぼ漆黒の瞳が、内なる静けさを湛えて二人の来訪者を見据える。その姿からは権威と品格があふれ出ていた。マーシャルが〈ポッド〉の番組で知るところによれば、彼女は二児の母だ。番組で見せていた家族や友人との半公式的な姿と同様、外交の場でも自信に満ちた有能な女性だとわかる。

テラニアからの二人の使者は立ち止まった。マーカントが軽くお辞儀をして、こう切りだす。「急な訪問にもかかわらず、このようにお出迎えいただき感謝いたします。私はアラン・マーカント、こちらはジョン・マーシャルと申します」

「インドへ、ようこそお越しくださいました」シン首相は姿勢ひとつ変えずに冷ややかに言った。「お二人に関しては、こちらでも調べさせていただきました。ミスター・マーカント、あなたは国家反逆者として、アメリカ政府から指名手配されていらっしゃいますね。のちにローダンの陣営に加わり、今では彼から深い信頼を寄せられている。そちらのミスター・マーシャルと同様に……。ただ、ミスター・マーシャル、あなたに関してほとんど情報がありません。驚くべきことですわ。そのような無名の方が、あなた方の——そう、国家を代表する外交使節に名を連ねるとは。恐ろしさすら覚えます」

マーシャルはただ微笑んでみせた。チトラ・シンの話す英語は、〈ポッド〉番組で聞いたときよりもさらに硬いイギリス英語だ。しかし、言葉はあくまで表層にすぎない。その奥に潜む彼女の不安を、苛立ちを、マーシャルは感じとる。「なぜ、よりによって私やミスター・マーカントのような輩が貴国に派遣されてきたのかと、そうお考えですね？」

「これは貴国からの初の公式訪問のはず」彼女は言葉を返す。「お二方への非礼を承知で申し上げますが——本来であれば、ペリー・ローダンやレジナルド・ブル、それにアルコン人のクレストがいらっしゃるのが筋というものではありませんか？　アジアは広い。けれど、我らインドとあなた方テラニアは隣人どうしです。これは敬意の問題なのですよ」

マーシャルは同行の男に目をやった。事前の打ち合わせにない展開だ。正直に話すべきだろうか？　ローダンとブルが今どこにいるのか、実は彼らにもわからないのだ、と。それに、クレストは体の衰弱に加えて、存在自体がきわめて貴重であるがゆえに、公の場に出して余計な危険に晒すわけにはいかないのだ、と。

「クレスト、ペリー・ローダン、レジナルド・ブルの三名はファンタン星人との交渉にあたっておりまして……あいにく、今は動けないのです」マーカントが言った。それは、心から残念に思っているかのような声音だった。事実を知らなければ、マーシャルすら騙されていただろう。

「ファンタン星人は人類にどんな要求を？」チトラ・シンが問うた。

マーカントは禿げあがった頭部に浮かぶ汗をハンカチで拭う。「それはまだ不明です。そして、今回このように急ぎ貴国を訪問した理由も、そこにあるのです。今は世界の各国が賢くふるまうことが、何よりも重要なのですから」

女性首相は何かを考えるように来訪者を見つめた。「次の訪問国に出発されるまでに、どのくらいお時間がおありかしら？」

マーカントは時計に目をやった。「二〇分ほど」

「では、時間を有効に使うことにしましょう。少なからず憂慮すべき現在の事態について、協議するために」彼女はちらりと天を仰ぎ、青空に浮かぶ不鮮明な影を見つめた。「将軍たちは、私を防空壕に押し込んだのち、対衛星兵器であの物体を撃ち落とそうとしています。そのような事態になる前に、我々は話し合わねばなりません」

スケリア

スケリアは夢遊病者のように心ここにあらずで、一人乗りの小型艇を駆っていた。じゅうぶんな高度を保ちながら、目的地に向けて飛ばす。人類がインドと呼ぶ国を行く先に定めたのは、単なる気まぐれからだった。この地にはすでに一四隻もの小型艇がベズン狩りに繰り出しているが、他の地を選んだところで状況はほぼ同じだ。

彼は必死で不安と戦っていた——ベズン狩りに出るときは、いつもそうだ。あのときの光景が、頭から離れない。

獣がカッと口を開く。四つの暗い瞳に反射する、青い太陽。スケリアの体に食い込まんとする牙。そして、剣。獣だとばかり思っていた生命体が、剣を振り上げて——

小型艇は分厚い雲のなかを突き進んだ。窓に叩きつける切れ切れの白い雲が、やがて薄灰色の暗雲に変わる。雷雨前線だ。だが、この船にはさして危険もあるまい。スケリアはひたすらに飛び続けた。さらに速度を上げる。ああ、楽しみだ、これから自分は——

光を受けてきらめく剣が、スケリアの第三腕を切断する。彼は叫ぶ。

彼は叫んだ。叫び続けて、ようやくはっと我に返る。自分はまた、過去の記憶に完全に没入していたのだ。なぜだ、なぜあの光景を記憶から消し去れない？

小型通信機のシグナル音が、彼の意識を引き戻した。今頃《スレガ・ナクート》では、この通信機と対になる機器を、ジェンブスが捕虜たちに手渡しているはずだ。表向きの理由としては、彼らの好奇心を満足させ、スケリアが――そして、搭載艇で世界中に散らばった全ファンタン星人が、この惑星で何をするつもりか見せてやるために。だが実のところ、スケリアにとって重要なのはただひとつだった。この機器があれば、スー・ミラフィオーレと常につながっていられる。対となる機器は、あちらの映像と音声を常時彼のもとに送信してくれるはずだ。

スタンバイ完了のシグナルが、接続の確立を告げた。スケリアは満足とともに、小型艇外部の映像をデータ・ストリームに流す。もっとも、今のところ捕虜たちが目にするのは、雲海と、ときおりひらめく雷光だけだろうが。

いっぽう彼のほうは、紡錘型宇宙船内にいる四人の人間の様子を観察できた。もちろん、彼らが監視をまったく予期していないとは思えない。秘密をおおっぴらに話し合ったりはしないだろう。だがスケリアにとって大事なのはそこではない。彼はただスー・ミラフィオーレの姿を見て、その声を聞き、できるならば彼女のことをもっと知りたかった。

少女の姿は彼の心をまぎらわせ、彼をだいぶ楽にしてくれた。スーはシド・ゴンザレスという若い人間に身を寄せるようにして、室内に並ぶガラスケース列の間を歩きまわっている。そこは、彼ら惑星住人がさしあたり案内された展示室だった。ちょうどジェンブスがブルという人間を相手に、通信機器の操作方法を説明している。

スケリアはスーの映像をじっと見つめた。

「あいつら、ハンターとか収集家とか、なんか知らないけど、そういう種族なんだよ」シド・ゴンザレスがスーにそう話しかけている。「見ろよ、この大量のガラスケース……奇妙なものがありったけ展示されてる。まるで想像の世界だ」

「想像だって追いつかないわ、こんなの」スーが付け加える。「ほら、これ見て！」

「うわ……何だそれ？」

「わかんない。ちょっと歯ブラシみたいね」

「歯ブラシだって？」シドは胡散臭げに言い返す。「こんなの絶対口に入れたくない！ だって、そいつ動いてるじゃん！ それに、上に何か……何だろ、よくわかんないものが生えてるし」

歯ブラシ、というのが何のことかは知らないが、人間たちがあれを見たことがないのも不思議ではなかった。この代物については船内のファンタン星人全員が、いったい何に使うのかと首をひねっているのだが、いまだ真相は謎のままなのだ。産地の惑星で調べようにも、航行ルート上、あの惑星にはしばらく立ち寄れそうになかった。

ファンタン星人は着陸に備えて小型艇の高度を下げた。雲の下に出ると、眼下にほぼ入植の跡のない広大な大地が姿を現した。ここならば、危険もなく楽々とベズンを収集できる……。その考えは魅力的であると同時に、彼に嫌悪をもよおさせた。

真のファンタン星人は、次善の策に甘んじはしない！　自らの誉れと能力を存分に発揮してこそなのだ！

再び、剣がひらめく。身を焼く第一の苦痛がまだ消えぬうちに、それは迫り、地を踏みしめていたスケリアの脚を貫く――。

スケリアは必死で抗(あらが)った。過去の記憶に、恥に、そして自分自身への嫌悪感に。地平線の向こうに建物群が見えてくる。彼はその大都市に向かって猛然と機体を駆った。ポジトロニクスに短く尋ねると、すぐに答えが返ってくる。いわく、あれがニューデリーらしい。

あの地で、自分は必ずファンタン星人にふさわしいベズンを見つけだす。それまでは、《スレガ・ナクート》に帰ることはないし、帰ることなど許されない。

彼の故郷に。

そして、スーのもとにも。

12

人間の本質

リコ

トラックはひたすら闇のなかを走っていた。運転手の少々愚鈍なお喋りの波も、いつしか途切れる。私はこの手の人種をよく知っていた。いつの時代にもいるタイプだ。自分に絶対の自信をもっていて、自分こそ宇宙の中心だと信じている。真実はそうではないのに。

私は目を閉じた。ほぼ無意味な言葉の羅列を延々と聞かされたあとでは、その静けさは心地よかった。しかし、それも長くは続かなかった。

「ところで、あんた、どこに行きたいんだ？」彼が尋ねてきた。

私は少々考えてから、この点については真実を述べても支障あるまいと判断する。「海に」

「どの海だい？　それに、海ったって範囲は広いが、海のどこだ？」

「それは……よくわからない」

「そうかい」そこで彼は突然話題を変えた。

「で、テラニアにはどれくらい居たんだ？」

「ほんの短い間さ」私は具体的な答えを避けた。私がテラニアで実際にどんなありさまだったか知ったら、タケゾーはどんな反応を見せるだろう？「さっきも言ったとおり、すべてにうんざりしてしまって」

「例のペリー・ローダンには会ったかい？」

それどころか、アルコン人のトーラにも会っている。しかも金星で。だが、タケゾーにとってはどうでもいい話だろう。そこで私は、彼が聞きたがっているであろう答えを返してやった。「ローダンみたいなお偉い方が、こんな一般人に会ってくれると思うか？あの男、おだてられて完全におつむがのぼせてるのさ」

「おつむがのぼせる、だって？　そんな古臭い言い回し、いったいどこで掘り出してきたんだ？　大昔に俺のじいちゃんが使ってたような言葉だぜ。少なくとも俺が子供の頃には、もうとっくに死語だった。おふくろがそれを聞いて大笑いしてたのを、よく覚えてる」

私にとっては幸いなことに、彼はそこで慌ててブレーキを踏んだ。ずんぐりした動物が車道をさっと横切ったからだ。タケゾーは小さく悪態をつき、その後はもうこちらの返答など期待していない様子だった。代わりに、彼は新たに尋ねた。「今のみっともない牛、見えたかい？」

もちろん、見えていた。それも彼より長い間。「いいや」

「やっぱりな、すぐわかったよ。あんた、視線がまったく動いてなかったからな。眼鏡をかけたらどうだい？　それか、手術しちまうといい。病院によっちゃあ、そのほうが安くつく。いいとこを知ってるから、あとで教えてやるぜ」

——この男、思った以上に鋭い観察眼の持ち主だったようだ。少々見くびっていたかもしれない。この惑星の住人との交流術は心得ていたはずだが、多少腕がなまっていたか。視線が動かない、それは常ならば完璧な私の擬態における、唯一の弱点だった。いつもそうだった。人間相手でも、アルコン人相手でも。だが幸い、もっともな言い訳をふたつ、同時に思いついた。「少し眠かったんだ。日中の砂漠の暑さにも、まいってしまって」

「なら、少し休みな。あと一時間もしないうちに次の町につくからよ。町っていうより、家が数軒あるだけのただの集落だがな。まったく肥だめみたいな所さ。店は一軒しかなくて、商品の買い入れは月に一度。で、それを売ってやるのが、この俺ってわけだ。こんな薄汚い砂漠までトラックを走らせてくれる奴なんざ、俺以外にいないからな」そう言ってにやりと笑うその顔には、彼ら人類に広く見られる感情が浮かんでいた。強欲である。どうやら、この仕事でかなりの報酬をせしめているようだ。「そうそう、乗せてってやれるのは、その集落までだぜ。だから、悪いが今日中の海水浴は諦めな。そこから先は、他の奴を探してくれや」

「もちろんだ。感謝している。それに、少し眠れば元気も出るさ」私はそう言って、あらためて目を閉じた。もちろん実際に眠りはしないが、こうすれば今考えるべき疑問に意識を集中できる。

「おっと、もうひとつだけいいかい？」とタケゾー。「ほんとのところを教えてくれよ、どの海に行きたいんだ？」

私にもわからなかった。「ただ何となく、海に行きたいと思っただけさ。どうしてか、懐かしい気がするんだ」

「あんた、船乗りだったのか？」

思い起こしてみたが、そういった記憶はなかった。「いいや」私は答えた。

「じゃ、海辺で暮らしてたとか？　それとも休暇か？」

あまり根ほり葉ほり質問するのは鬱陶しがられると、この男は本当に気づかないのだろうか？　「ああ、休暇で」私は嘘をついた。これで満足してくれればいいのだが、と思いながら。「すまない、少し眠らせてくれ」

「もちろんだとも」彼は言った。「じゃ、俺はその間にトラック仲間と無線でお喋りでもしてるぜ。ああ、心配ない。ヘッドホンもあるし、こっちが喋るときは文字入力にするからよ。うるさくはしないぜ」

「そこまで気をつかってもらって、申し訳ない」

「いいってことよ、あんたは俺の客だ。俺たちトラック運転手にとっちゃ、お客は神様なのさ。なあ、知ってるかい？　俺たちはな、世界じゅうに仲間がいるんだ……」

その頃には、私はもうとっくに思考に沈んでいた。金星基地、トーラ、破壊、再起動と再生、海への憧憬——。すべてが、何らかの形でひとつにつながるはずだ。

かすかなブレーキ音とともに、トラックが止まった。続いて、クラクションの音。

「おい、降りな！」そう言うタケゾーの声は、先ほどまでの親しげな調子から一変していた。これまでの彼は確かに厚かましくはあったが、常に親切だったというのに。

「ありがとう——」

「いいから降りろ！」

気に入らない態度だ。しかし、さして不安はなかった。たとえ彼とつかみ合いになっても、勝つのはたやすいだろう。私の腕力には、鍛え抜かれた人間でも敵わない。お喋り好きの年老いたトラック運転手など言うに及ばずだ。

とはいえ、できれば衝突は避けたかった。そこで私は助手席のドアを開けて、周囲の様子を窺おうとした。だが外はインクのような濃い闇に覆われ、壁らしきおぼろげな輪郭がかろうじて見えるのみだ。「何かあなたの気に障ることをしただろうか？」私は尋ねた。

「とんだ世間知らずだな、このイカレ野郎が！　テラニアの夢見がちな連中には、ちやほやされてたんだろうが——現実で自分の身に何が起きてるのか、まだわかってねえようだな、ええ？」彼は突然ピストルを取り出すと、私の胸にねらいを定めた。「そら、とっとと降りな！」

私はこちらの勝算をざっと計算してみた。相手は武器を持っていることで油断しているが、その程度の武器では、そう簡単に私を殺したり戦闘不能にはできない。さらに、私に先に降りろと命じたのも愚かなミスだ。彼がトラックを降りている間に、こちらは体勢を整えられる——。

そう思った次の瞬間、車外でカッと強烈な光がともった。先ほど見えたのは、確かに壁だったようだ。そこは廃墟が連なる敷地の裏庭だった。おそらく、かつてはいくつも建屋を備えた工場だったのだろう。なかには屋根の一部が崩落している建物もある。そうした廃墟群の一角から、男たちの一団がわらわらとアリのように湧き出してきた。手に手にバールや鉄棒をにぎっている。

確かに、私は少々世間知らずだったようだ。人間の本質というものを、じゅうぶんに理解していなかった。タケゾーは見た目ほど親切でもなければ、愚鈍でもなかったのだ。無線で仲間を呼んだに違いない。——見逃していた。私のような生体と機械のハイブリッドにも、ミスはあるということだ。

この状況を打破するのは、決して簡単ではなさそうだった。私はトラックを降りた。

「何が望みだ？」

タケゾーはただ声をあげて笑った。「いいから、おとなしく両手を上げな！」

その望みはかなえてやることにした。さりげなく辺りを窺う。男たちの一団が私を取り囲むように半円形をつくっていた。こちらの背後にはトラック。いっぽう男たちの向こうには廃墟がそびえており、傍らに車両用の進入口があった。周囲には、ぐるりと高い壁が続いている。とるべき道はひとつだった。

反転して深くひざを曲げ、地面を蹴った。高々と跳躍し、トラックの上縁をつかむ。一秒もかからずに、私はトラックの屋根によじ登った。

「何だ、今のは――」、「あり得ねえ！」、「くそっ！　おい、おまえら――」男たちの間で声が飛び交う。そう、それでいい。そうして混乱しくれれば、それだけ時間を稼げる。

私はトラックの反対側に飛び降りると、壁に向かって全力で走った。この壁を越えれば、おそらく逃げられる。成り行き任せでやるしかない。壁は五メートル近くあり、私の力をもってしても一気には飛び越えられなかった。そこで私は壁をよじ登ろうと試みる。だがそれこそが、この即席の脱走計画の最大の弱点だったのだ。その壁は、よじ登るのが不可能なくらい滑らかだった。

何か別の方法を考えなくては。振り返ると、男たちがこちらに突進してくるのが見えた。男の一人が笑っている。――タケゾー。

あるいは、その一瞬の驚きが私を救ったのかもしれない。私は反撃に転じ、先頭の男に向かっていった。男の振り下ろした鉄棒がひゅんと風を切る。私はその一撃をブロックし、相手の腕をつかんだ。そのまま手をひねる。骨の折れる凄惨な音がして、相手の指がだらりと開いた。絶叫する男の手から、私は鉄棒を奪い取る。

その瞬間、みぞおちに誰かの拳がめり込こんだ。同時に、別の男に足を払われる。単純に戦闘能力だけならば、私のほうが数段上だし力も強いはずだ。しかし、この圧倒的な人数差を前にして、私に勝機はなかった。勝敗は最初から見えていたのだ。

男たちは私から鉄棒を奪うと、一斉に殴りかかった。一人が脚をねらって膝蹴りを食らわせ、別の者が腕を押さえつける。

「どきやがれ！」誰かが怒鳴った。私をとり囲んでいた男たちの輪が一部ほどけ、そこから一人の男が歩み入ってくる。男の右腕は役に立たない物体のようにだらりと垂れ下がり、下腕が不自然な方向に折れ曲がっていた。指はぶるぶると震え、その顔つきは痛みに歪み、首筋にはくっきりと青筋が浮いている。男はこちらに身をかがめ、私の顔にねばつく痰を吐きかけた。

「おい、やめとけ」タケゾーが言った。「そいつはまだ必要だ」

「どういうことだ？」私は彼に向かって叫んだ。「私をどうするつもりだ！」

その瞬間、三発の銃声が響いた。

13

理性と良心と

ラス・ツバイ

「あなたは……あなた方は、光取り戻す者なのです！」

青い肌のフェロン人が発した言葉に、船内の誰もが一様に呆然と息を呑んだ。ラス・ツバイも例外ではなかった。このときスーダン人のテレポーターの脳裏に真っ先に思い浮かんだのは、あの緊急通信の奇妙な文言だった。

トカゲどもに見つかった。星々は奴らに蹂躙されるだろう。闇が、光を駆逐する。汝、太陽より長く生きると伝えられしものよ。急ぎ来られたし！　ケルロン。

ここにも「光」が出てくる。正確には、光を駆逐する闇という描写だが。《グッド・ホープ》の乗員は光を取り戻すためにやってきた、そうカクトールは言うのか？　闇、つまりはトプシダーの戦艦にかき消された光を取り戻すために？

自分たちがそんな大層なものだとは、ラスにはとても思えなかった。フェロン人は迷信から、人間を神のように感じ、待ちこがれた救世主の姿と重ね合わせているのではないか。考えれば考えるほど、そう思えてならない。

一方、ペリー・ローダンは無言のままトーラと視線を交わし合っている。種族からして異なるこの両者の間に一種特別な信頼の空気が流れていることに、ラスは一度ならず気づいていた。かたや人間、かたやアルコン人。互いに対極にいるかに見える二人だが、その思考回路や責任感の強さは驚くほどよく似ていた。彼らはどちらも、強い意志をもった、生まれながらのリーダーなのだ。そんな二人がときにぶつかり対立し合うのも、人間心理を少しでも解していれば当然に思われた。

「我々は、ここに残るわけにはいかない」ラスは静寂を破って強く言った。自分がこのように意見していいのだろうか、といった遠慮は今の彼にはない。《グッド・ホープ》には、それを阻むヒエラルキーなど存在しないはずだ。彼らは慌ただしく結成された急造チームであり、遠い未知の宇宙にあって互いに助け合う仲間なのだ。チーム結成後、人間たち一同は手短に、堅苦しい敬語はなしでいこうと決めていた。そして今、誰かが苦言を呈さねばならないのならば、自分があえてその役割を担おう。「地球のみんなが、我々を待っているはずだ」ラスはそう付け加えた。

そのとき、カクトールが立ち上がった。《グッド・ホープ》に収容されて以来、初めて自力で身を起こしたのだ。「あなたは、私の命の恩人。私をここまで連れてきてくださった」彼はそう言って、斜めに重ねた手をテレポーターに向けて差し伸べた。「あなたがいなければ、私は今頃死んでいたでしょう。無惨に窒息して……。あなたの肌は夜の闇のようだ。はじめてその姿を見たとき、私は思ったのです。ついに闇の使者がやってきて、私と同胞を闇に引きずり込むのだ、と。しかし、そうではなかった。その肌の色は闇のようでも、あなたは光もたらす者。私にはわかる、感じるのです！　あなた方は、行ってはなりません！」

肌の色についての指摘は、ラスの心に突き刺さった。地球では、この肌のせいで幾度となく敵意を向けられてきた。世界のあちこちで、毎年のように、ちっぽけな小競り合いという火種が新たな暴力へと燃え上がる。肌の色が白いか、黒いか——そんなことに、何の意味がある？　彼は周囲を見まわした。さまざまな肌の色をしたテラナーたち。冷ややかな白い肌に、アルビノのような赤い瞳と白銀の髪をもつアルコン人。そして、青い肌のフェロン人。誰もが助け合い、わかり合い、互いに似た思いを共有している……。

だからこそ、次のひと言を口にするのがラスにはつらかった。「我々は、帰らなくてはならないんだ」彼はもう一度念を押すようにそう言って、ペリー・ローダンに視線を向ける。ローダンはトーラに歩み寄り、ラスには聞きとれない声で何ごとか囁きかけた。

ローダンの手がホログラム図を指し示す。そこには依然として、ヴェガ星系内の艦隊の動きがシンボルで示されていた。フェロン側のシンボルが刻一刻と減っていく一方で、侵略側のトプシダー艦を示すそれは、ほぼひとつも欠けていなかった。

ふとホログラム図に目を向けた瞬間、ラスはあることに気づいた。その光景は痛烈な衝撃をもって彼の理性に突き刺さった。光の投影によって形づくられる三次元映像のなかで、いくつかの無個性なシンボルが移動している。目に映る現象としては、ただそれだけだ。それなのに——いや、それだからこそ、自分はこの光景を決して忘れられないだろう、と彼は思った。

フェロン艦のシンボルが、トプシダー艦のそれに向かって猛スピードで移動していく。そして、衝突。ふたつのシンボルは淡々と点滅し、消えた。この船の外に広がる宇宙空間で、たった今、知性を有する個人から成る宇宙船搭乗員が——あるいは部隊全体が、自ら選択したのだ。トプシダー艦に自艦を激突させて、敵もろとも自爆することを。フェロン人は死に——そして、トプシダーも死んだ。いかに残忍な侵略者とはいえ、彼らとて知性なき化け物ではないはずだ。

ラスの指が震える。

「今この場で起きていることを、見て見ぬふりはできない」ペリー・ローダンが言った。

「私の理性は立ち去るべきだと告げている。きみの言うとおりだとな、ラス。だが、今は理性だけがすべてではないんだ。私の良心は、まったく違うことを叫んでいる。——我々は、ここに残るぞ」

ペリー・ローダン

我々は、ここに残るぞ。

ローダンのそのひと言は、司令室に沈黙をもたらした。それが彼ら全員の死を意味し得ることを、ローダンは理解していた。ただし、それもトーラが彼に従ってくれればの話だ。彼女はローダンを無視して《グッド・ホープ》をヴェガ星系から離脱させ、遷移ワープで地球に帰還させることができる。こちらの決定に従ういわれはないのだ。

だが驚いたことに、トーラは異を唱えなかった。ただじっと仮想ディスプレイを見つめるだけで、顔をこちらに向けさえしない。それどころか、さらに背を向けたので、ローダンからは彼女の背中と、その肩を流れ落ちる白銀の髪しか見えなくなった。

「そうしてくださると思っていました！」カクトールが叫んだ。「あなた方こそ、我らが待ち望んだお方！」

〝いいや違う、そうではないんだ〟ローダンは思ったが、口には出さなかった。それについては、あとであらためて彼と話さなくては。――もし、自分たちに「あとで」があるのなら。戦闘に巻き込まれてぺちゃんこにひしゃげ、一瞬にしてすべてを無に帰す爆発に呑まれなければ。彼らの乗る《グッド・ホープ》が広い宇宙のちっぽけな光点となって、人知れず原子に還らずに済めば。

自分たちテラナーがフェロン人の待ち望む存在だとは、とうてい思えなかった。なにしろ自分たちは、故郷からこの星系にすら自力ではたどり着けないような存在なのだ。異星の民のほぼ半壊状態の搭載艇をたまたま手に入れ、しかも二人のアルコン人が助力してくれたばかりか、その一人であるトーラが操縦技術を有していたことで、ようやくそれが可能となったのである。

ラスがうなずいて同意を示したのを見て、ローダンは安堵した。ヴェガ星系に残ると決断した理由を、おそらくラスは理解してくれたのだ。それは心の奥底から湧きあがる思いだった。理性と感情が相反する主張を叫ぶなか、ローダンは論理や生存本能ではなく、自分自身の良心に従ったのである。

「我々は今のところ、何の成果もあげてはいない」ローダンは言葉を続けた。「少なくとも、一見したところではな。だが、だからといって、何もせず手をこまねいていたわけでもないだろう？　カクトールの救出には成功した。となると、次に取るべきステップはおのずと見えてくる」

それまで背を向けていたトーラが、ここではっと目を上げた。長い髪をなびかせて勢いよく振り返る。「まさか……トプシダーを捕虜にするつもり?」

ローダンはうなずいた。「ええ、あなたの助けを借りてね。どうでしょう、可能だと思いますか?」

トーラの赤金の瞳に興奮の涙が浮かぶ。「カクトールのように、撃沈艦からの脱出者を収容した救命カプセルでもあれば、可能でしょうね」

「しかし、我が艦から見たかぎりでは――」カクトールが言った。「撃沈したトプシダー艦はたったひとつ。しかも、生存者はいませんでした」

「船を指揮していらっしゃったのですか?」ローダンは尋ねた。

「ええ、私は司令官でした」フェロン人は暗い表情で答える。「我が艦は砲撃を受けた。回転が停止し、船内の重力が失われました」

「あなた方の重力発生技術は、我々のものとは異なるようね」トーラが指摘した。どうやらレーダー解析によって得た情報のようだ。「長軸を中心に回転することで、重力を発生させているのでしょう」

カクトールは胸の前で腕を交差させた。「船内のあらゆる場所で爆発が起こりました。我らは重力を失った司令室でただ翻弄されるしかなかった。多くの者が最初の衝撃と爆発の圧力波によって壁に、天井に、ワークステーションに叩きつけられ、骨を粉々に砕かれました。いたるところで炎が吹き上がって……! 私は……私は、もう少しで炎の直撃を受けるところでした。それを偶然、目の前に投げ出された士官の体が盾となってくれたのです。そうでなければ、私は死んでいた」

「その士官を見た気がする……」ラス・ツバイが声をあげた。その声音には戦慄がにじんでいる。「救命カプセルは全身を震わせた。「そのとおりです」

カクトールが語った内容に、ローダンもまた戦慄していた。しかし、今は一分一秒が貴重なのだ。話を本筋に戻さねばならない。「あなたのお話のおかげで、この戦争の実情を知ることができました。しかし——」

「わかっています」フェロン人は答えた。「今は他に知りたいことがあるのですね」

「知らねばならない、いいのです。トプシダーを捕虜にすべき理由のひとつも、そこにある。さらに、ふたつ目の理由はもっと重要です。あなた方フェロン人を助けるためには、トカゲどもの目的を知ることがなんとしても必要だ」

トーラがコンソール上に指を走らせたまま、同意を示した。機器の操作と司令室で続く会話の両方に、苦もなく集中しているように見える。「そう、敵を知ることは非常に重要です。敵を知ることではじめて、その制圧も可能になるのだから」

「救命カプセルは見つかりそうですか？」

「ここでは無理よ」トーラがぴしゃりと答える。「撃沈艦から脱出したトプシダーを捕虜にしたいのでしょう。なら、この星系のさらに奥深く、激戦の中心付近の宙域まで進入しなければなりません」

〝文字どおり、虎穴に自らすすんで飛び込むしかない、というわけか〟ローダンは思った。

「では、そうしてください、トーラ」

トーラは二、三の指令を入力する。「移動を開始するわ」

人間、アルコン人、フェロン人――船内にいる全員が、外部映像ホログラムをじっと見つめ、《グッド・ホープ》の行く手を見守った。やがて、第六惑星の軌道ステーションに砲撃を加えているトプシダー艦隊が見えてきた。《グッド・ホープ》は、そのすぐ横を猛然と通り過ぎていく。

ローダンの額に汗が浮かぶ。アレクサンダー・バトゥーリンのあえぐような声が耳に届いた。ちらりと盗み見たその顔は、血の気を失い焦燥に満ちている。

「あえてこの航路を選んだのです」トーラが集中を切らすことなく告げた。その手はまったく平静に仮想コンソール上を動いている。「大胆に動くほうが、かえって目立たずに航行できるわ。トプシダー艦は攻撃に集中している。それに、フェロン艦が三隻接近しているから、そちらにも気をとられるでしょう。見知らぬタイプの艦船に目を光らせたり、向かってくる様子もない艦影をレーダーで確認している暇はないはずよ」

事実、トプシダー艦が彼らに気づくことはなかった。トーラはレーダーに捕捉されるのを避けるため、巨大恒星をめぐる第六惑星の月の陰に《グッド・ホープ》を移動させた。

ホログラムのなかで、トプシダー艦の砲火に晒された軌道ステーションが巨大な爆発とともに崩壊していく。その様子をローダンはじっと見守った。何十メートルもある巨大な破片が燃えながら吹き飛び、その一部は惑星の引力に引かれて大気圏へと消えていく。もし、あれが住人のいる地域に落下したら――恐ろしい惨劇が引き起こされるだろう。

位置測定機器がフル回転して、トプシダー艦からの脱出者を捜索する。

しかし、成果はなかった。数分後、トーラはついに言った。「侵略側の優位は圧倒的だわ。カクトールの言うように、撃沈されたトプシダー艦はほぼ存在しない。この地獄のような宙域で、得られるものは何もないようね」

「トーラ、しかし……」ローダンが言いかけた言葉を、トーラはぴしゃりとさえぎった。

「救命カプセルはどこにもないわ！　そもそも、彼らの船にはそうした設備自体が存在しないのかもしれない。とにかく、これ以上トプシダーの詳細を知ることは不可能です。わかったかしら？　どんなに望んでも、越えられない限界はあるのよ。私たちに、他の道はありません」

ローダンの息が重くなる。好むと好まざるとにかかわらず、良心が何を叫ぼうと、今は屈服するしかないのか。「……やむを得ない、撤退するしかないようだ」彼はそう決断した。トーラはまたも異議を差し挟むことはなかった。「だが、まだ最終的に降参したわけじゃない。今は一時撤退するしかないが……決して諦めるものか。地球に戻り、クレストと話し合って不在の間の状況を確認したら、必ずまたヴェガ星系に戻ってこよう。まだ何も終わってはいない！」

そのとき、トーラがはっと息をのんだ。その声には怒りと驚愕が入り混じっている。

「新たなトプシダー艦隊が実体化したわ！　艦数、六〇――うち一〇隻は八〇〇メートル級の部隊輸送艦よ！　だめだわ、近すぎる！」

「どういうことです？」アレクサンダー・バトゥーリンが大声で問いかけた。

「この星系を敵に気づかれずに離脱することは、もはや不可能になったということよ」アルコン人女性は答えた。「完全に包囲されたわ……」

その言葉が終わらないうちに、六〇隻の新たなトプシダー艦隊は猛然と動きだした。残りわずかなフェロン艦隊を殲滅するために――。

14

家族の秘密

ジョン・マーシャル

インドの女性首相チトラ・シンは、付き従う男性二人にうなずきかけた。男たちがさっと身をひるがえし、リムジンのドアを開ける。チトラ・シンはマーカントに右手を差し出した。「お越しいただき、感謝しますわ」

一同は握手を交わし、リムジンに乗り込んで宮殿の本殿に向かった。チトラ・シンは先ほどよりも打ち解けた態度を装っているが、その実、彼らの間に広がる溝は決して縮まっていないと、マーシャルは感覚で気づいていた。彼女のねらいはあくまでもファンタン星人の小型搭載艇に関する情報を引き出し、しかるべき軍事作戦を策定することなのだ。

彼らは宮殿に到着した。軍服やスーツ姿、さらにはインドの伝統衣装を身につけた大勢の男女が忙しく廊下を行き来している。その多くは、こちらを興味深げに窺っていた。

シン首相は豪奢な調度品を設えた一室に彼らを招き入れた。室内のテーブルには、果物や焼き菓子が山と盛られた深皿がいくつも並んでいる。その横には芸術的な銀細工が施された優美なガラス製のカラフ。布張りの椅子が連なる向こうには、部屋の端から端まで届くほど大きな事務用デスクが置かれていた。壁ぎわの本棚には分厚い大著と並んで、ミニチュアのゾウや写真、それに私的な思い出の品とおぼしきものも飾られている。

ここはチトラ・シンの私用の書斎なのかもしれない、とマーシャルは考えた。

シン首相は付き添いの男たちに手で合図すると、部屋を去らせた。「ここなら、我々だけで話ができます」彼女はそう言って、テーブルを指し示した。「どうぞ、ご自由にお取りください」

そう勧めると、自分は長いグラスを手に取ってフルーツジュースを注ぐ。マーカントも彼女に倣ったが、マーシャルは水にしておいた。

三人は布張りの椅子に腰掛けた。シン首相はグラスを傾けてひと口飲むと、ついでのようにさりげない口調で話しだした。「それにしても驚かされます。ローダンが月で引き起こしたことが、これだけの事態に発展するとは。彼が月に赴き、月面基地の破壊者たちと出会って以来――」

マーカントが軽く手を上げた。「ここ数週間の世界的動向は、確かに今回の事態と深くつながっています。しかし、今世界の一部メディアが報じているような、クレストを殺人者と断じ、ペリー・ローダンをファンタン星人襲来の原因だと非難する風潮は——失礼ながら、真実に反しているのです」

　女性首相は手を軽く振った。「その真実とやらについては、このファンタン危機を乗り越えた後に、機会があればじっくりと討議いたしましょう。しかし今は、現状に目を向けねばなりません」そう言って、手にしたグラスをサイドテーブルに置く。「あの異星の紡錘型宇宙船から飛び立った飛行物体のうち、あろうことか一四機が、現時点で我がインドの領空を侵犯しています。将軍たちの意向を優先するならば、我が国はとっくの昔にしかるべき措置をとっていました」

「そうなさらなかったことを嬉しく思います」マーカントが言う。「近年のアメリカの歴史からもわかるとおり、予防攻撃は現状掌握よりもむしろリスクをもたらします。ミスター・マーシャルと私がここにまいりましたのも、ファンタン星人との交渉に時間をいただきたくお願いするためです」

　シン首相はぐっと身を乗り出した。「誤解なさらないでください、ミスター・マーカント。私自身もまた、脅威は広がる前に排除すべしという考えです」

「しかし、脅威の詳細を知らずして、それを排除することはできません」

「では、我らインドは何を知れと？　あの異星人は何をたくらんでいるのです？」

　シン首相とマーカントの間で異星の飛行物体への攻撃の是非が論じられている間に、マーシャルは首相の感情と思考の世界へとじっと意識を向けた。

表層を覆っているのは、インドの利害に干渉してくるテラニアの使者たちに対する怒りだ。しかし、その固い殻の下にあるものを、マーシャルは感じとる。チトラ・シンは国民を深く案じているのだ――それに、自分自身と、家族のことも。政治情勢の変化とファンタン星人の襲来以降、インド国内では指導者である彼女に対して、軍や有力議員からの圧力が急激に高まっていた。インドは強い姿勢を示さねばならない。ただ何もせずに手遅れになるのを待つなど許されないのだ。

チトラ・シンは筋の通った女性だと、マーシャルは感じていた。納得のいく論拠さえ示せれば、本来決して話の通じない相手ではないはずだ。ただ問題は、どうやって彼女の心に訴えるかである。

その間に、シン首相とマーカントの会話は次第に険悪なトーンを帯びていた。「内政干渉は断固拒否いたします」首相は冷ややかな声で告げた。「あなたがプロの外交官でないのは承知しておりますわ、ミスター・マーカント。それをおいても、このラシュトラパティ・バワンに乗り込んできてインド政府に交渉を強いるなど、厚顔無恥も甚だしい！」

「強いるつもりも、その権限もありません。私はただ――」そう反論しかけたマーカントを、シン首相が再びさえぎる。

「私はあなた方が情報をくださるものと期待して、我が国にお迎えしたのです。もし本当にアルコン人クレストが全銀河を統べる帝国の出身ならば、ファンタン星人についてもよく知っているでしょうから。ところが、あなた方は何の情報も示さず、ただ従えと言うばかり！　あの飛行物体を今すぐ撃墜してはならぬというのなら、納得のいく理由をひとつでも示してごらんなさい！」

チトラ・シンは右手をあげ、人差し指をマーカントに突きつけた。漆黒の瞳がきらきらと輝くようだ。マーシャルは有名なハリウッド映画のワンシーンを思い出していた。カシミール戦争の激しい冬期戦を描いたシーンで──。次の瞬間、彼ははっと目を瞬かせた。違う、今思い出したと思ったそのシーンは、あの映画のどこにもなかった！　では、今脳裏に浮かんだ光景はいったい……？

マーシャルは壁ぎわの本棚に目をやった。飾られている写真のほとんどは、首相の二人の子供たちを写したものだ。写真のなかの子供たちはカメラに笑顔を向け、世界の有名政治家と並んでポーズをとり、長い鼻を木の幹に巻きつけた労務用のゾウの背に乗っている。そうした写真に交じって、棚には一丁の軍用ピストルと特殊弾頭を備えた九ミリ弾が、質素な白いハンカチの上に飾られていた。

マーシャルは再びシン首相にじっと視線を向けた。彼女の過去について知っている事実を思い返してみる。チトラ・シンはカシミール戦争当時、一個師団を指揮していた。噂によれば、後に有名になったカラコルム山脈K２山麓の冬期戦で、彼女の乗る移動式司令本部は敵の砲撃を受けた。チトラ・シンは行方知れずとなったが、数日後、雪のなかを無事自軍に帰還したという。パキスタン軍の行軍用強化スーツを身につけて。

　この噂話は彼女がインド首相に選出される直前に世界中で囁かれていたが、その出所がこれまで対立を続けてきた両国のプロパガンダであることは世界の全陣営がすでに把握していた。それから時を置かずして、インドとパキスタンの両国間で本格的に和平プロセスが動きだしたのである。こうして、長きにわたって両国をじわじわと核戦争へと押しやってきた消耗戦は終わりを告げ、休戦協定が結ばれたのだった。

　ジョン・マーシャルは再びチトラ・シンの思考世界に深く潜り、彼女の感覚に同調する。マーシャルの視界に、先ほどと同じ冬の戦場のワンシーンが広がった。映画のシーンではない、これは記憶だ。だが、彼自身の記憶ではない。

　一面の雪と氷、氷結した小川、迫りくる雪嵐、そして突然の、激痛を伴う転落――。寒い、いてつくような寒さだ。ベルベットのような褐色の手指が擦り傷にまみれて血を流し、絶望的に岩肌を掻きむしる。どこか、少しでも身を守れる場所に移動しようと。

　突然――そう、本当に無から現れたように突然に、雪のなかから歩行ロボットが姿を現した。歩くごとに、踏みしめられた氷が震える。――いや、違う！　ロボットではない。それは行軍用強化スーツに身を包んだパキスタン兵だった。自動小銃がこちらに向けられる。そして、彼女は彼の目を見た。

「ファンタン星人を攻撃してはならない理由なら、あります」マーシャルはかすれた声で言った。「なぜなら、あなたもかつて、ある男に攻撃の手を止められたことで、命を救われたからです。アジフ・アクラム……のちにパキスタン政府のトップの座につく男です。それ以来、和解不可能と思われてきた両国の間には平和がもたらされた」

チトラ・シンは呆然と彼を見つめた。「なぜ……どうして、それを——？」

マーシャルは子供たちの写真を手で指し示した。「それに、それ以上のものも」

「どうして、この秘密を国民に公表なさらないのですか？　和平プロセスを加速できたかもしれないのに」

シン首相は当惑したように首を振った。「このことが公になれば、私たちは批判に晒されます……。それに、私の夫は——」そこまで言って、チトラ・シンはすっと背筋を伸ばした。先ほどまでの職業的な冷静さを、彼女は取り戻す。「あなたがどうやって事の経緯を知ったかはともかく、ミスター・マーシャル、この件については決して他言無用です」

アラン・D・マーカントは、はじめは困惑気味に、しかし、やがて心得た様子で二人を交互に見つめている。

「私も彼も、決して他言しないとお約束します」マーシャルは請け合った。

まさにそれと同時だった。部屋のドアが勢いよく開き、制服に黒いターバン姿の男が一人、駆け込んできたのだ。「ファンタン星人の小型艇が一機、動きだしました。着陸しようとしています！」

「場所は？」シン首相が声高に問う。

「赤い城(ラール・キラー)です！」

スケリア

その景観にスケリアは感銘を受けた。そこはヤムナという名の川からほど近い地点だった。眼下には、赤色砂岩で築かれた長方形の巨大な要塞が広がっている。ポジトロニクスの情報によれば、縦幅およそ一キロ、横幅はその半分という広大さだ。外壁は一八メートルから高いところは三四メートルに及び、そのあちこちに不規則に塔がそびえている。

ベズン収集には、もってこいの場所だ。

この要塞なら《スレガ・ナクート》でさえ着陸できるだろう。敷地内の小さな建物をいくつか押し潰すことにはなるだろうが、少しばかりの減損はやむを得まい。もっとも、あそこに見える豪奢な装飾の白い建造物は、壊してしまうには少し惜しいが。

要塞に続く道とその敷地内では、大勢の惑星住人がわらわらと右往左往していた。スケリアは一人乗りの小型艇を着陸させるのにちょうどよい場所を探したが、てっとり早く要塞内に降り立つことにした。きっとここには、最高のベズンがある。たとえば、あのタマネギ形の丸屋根など、なかなか良さそうではないか。

地上に向けて降下していくと、周囲の人間たちが悲鳴をあげて逃げ出していく。腕を高くあげて、彼の飛行機体を指さしながら。

スケリアは機体から降り立った。惑星住人のことなど、彼はほとんど気にもとめなかった。奴らは奴らで好きにするがいい。こちらには、もっと大事なことがあるのだ。彼は興奮を覚えていた。自分のなかに力と強さが湧いてくるような、めったにない感覚。今このときだけは、普通のファンタン人になれる——少なくとも、彼の幻想のなかでは。

緑の草地の端には、ちっぽけな建物がいくつも一直線に並んでいた。スケリアはそちらに歩み寄っていったが、すぐに自分の誤りに気づく。というのも、それは建物というより、木材とプラスチックでできた移動式の小屋のようなものだったからだ。一部は車輪を備えており、日差しをさえぎるためか、安っぽい素材の屋根がついている。

実に興味深い。

小屋の後ろには、人間が立っていた。きっと売人だろう、とスケリアは推測する。奴らはあそこで商品を売りさばいているのだ。要塞を訪れた人間たちは、長い列をなして小屋の前をぶらぶらと歩いていたが、それも異星人の姿に気づくまでのことだった。辺りには多種多様な強い香りが入り混じり、まるで《スレガ・ナクート》の植物エリアのように混沌とした匂いが漂っている。

あちこちでかん高い悲鳴があがり、人間たちが逃げだした。だが、なかには違う反応を示す者もいる。結構な数の人間がその場にとどまり、こちらをぽかんと見つめながら、何か小さな機器を掲げていた。その機器は金属製で、サイズは彼らの手のひらくらいだ。

スケリアは、その道具だか機器だかを手にした人間の一人にさっと近寄った。それは黒く長い髪をした女の人間だったが、スケリアはほとんど目もくれずに、彼女が手にした機器を奪いとる。これは……確か〈ポッド〉というやつだ。すべてのファンタン星人があらかじめ学習している事前情報によれば、確かそんな名だった。彼ら人間はこの機器をありとあらゆることに使用するのだ。画面を覗くと、そこにはスケリア自身が写し出されていた。ちょうど、木でできた売店の最初の小屋の前を歩いているところだ。

彼は〈ポッド〉を持っていくことにした。人間の女はぽかんと口を開けて立ち尽くしているが、彼は気にもとめず、くるりと後ろを向いて、今度はタマネギ屋根の白い宮殿を目指して歩きだす。ゆったりとした門のアーチが彼の目を引いた。

だが、荘厳な建造物の前にたどり着くより先に、彼の視線はあるものに釘付けになった。それは小さな建物だった。要塞周囲の長大な外壁と同じく赤い岩石でできているが、こちらは実にちっぽけで、高さは人間の背丈ほど、横幅もぎゅうぎゅうに並べて人間二、三人がやっと入れる程度だった。

きわめて興味深い。

彼はさっそく近づいてみた。そのとき、ちょうど中から人が出てきた。男だ。手から水が滴って床に落ちている。男はスケリアを見てぎょっと一歩後ずさった拍子に、まだ少し開いたままだった扉にぶつかり、そのままパニックになって逃げ出した。

スケリアは閉まりそうになる扉をむんずとつかみ、ぐいと押し開けた。小屋のなかには狭い控えの間のような空間があり、その先はふたつの扉に分かれている。もっとよく調べようとしたそのとき、二人の人間が近づいてくるのに気づいた。手にした石を高く掲げ、今にも殴りかかろうとしている。スケリアを攻撃しようというのだ！

なんと愚かな者たちだろう。

スケリアは麻酔光線銃を取り出すと、慣れた手つきで照準を定め、引き金を引いた。まず石が、続いて二人の人間の体が床に落ちる。

そうして、彼は再び小屋の探索に没頭した。無分別な惑星住人などよりも、もっとずっと重要なことがあるのだ。

ジョン・マーシャル

「……あの者は、いったい何を？」チトラ・シンの声には当惑の色があった。彼女の発した疑問はヘリコプターのプロペラ音にかき消されんばかりだ。

マーシャルは適切な答えを求めて頭をひねった。しかし、その奇妙な光景を的確に表現できる言葉を探しあてる前に、マーカントのほうが先に口を開いた。彼の答えは冷静きわまりなかった。「ファンタン星人は、公衆トイレの前に立っている。そして、これにずいぶんと心奪われているようですな」

「それくらい私にもわかりますわ」インドの女性首相は搭乗席の横側の窓にぴったりと額を押しつけた。

「ええ、わかります」マーシャルは言った。「この歴史ある、文化的価値の高い、途方もなく重要な要塞に異星人が降り立ったとなれば、予想される展開は他にいくらでもある。それが、よりにもよって、これとは……」

ファンタン星人の姿がアフリカではじめて撮影されて以来、このエイリアンの映像は世界じゅうに広まっていた。それでも、マーシャルは円筒形の生命体から、その異様な外観から目が離せなかった。

彼らの乗るヘリコプターは異星人から二〇メートルほど離れた場所に着陸した。同時に二機目の機体から、総勢一二名の重装備の兵士たちが走り出てくる。当初、チトラ・シンから一緒に来てほしいと頼まれたとき、マーシャルは大いに安堵したものだ。しかし、こんなふうに軍隊を動員するのには、あまり賛成できない。しかも先ほど上空からは、数台の戦車が赤い城に向かって突き進む様子まで見てとれた。

「我々はこれから異星人とのコンタクトを試みます」マーシャルは言った。「ですから、どうか軍をできるだけ遠ざけてください。あのファンタン星人は危険ではありません」

だが次の瞬間、その主張が誤りであることが露呈した。二人のインド人男性が、手に石を握りしめてエイリアンに襲いかかったからだ。ヒーロー気取りの連中のせいで、すべてが無に帰してしまう――！　ファンタン星人は無造作に銃を放ち、男たちを始末してしまった。

「危険ではない、ですって？」シン首相はマーシャルの言葉をくり返した。「あの者が要塞を丸ごと吹き飛ばしたら、どうするのです？」

「なぜ彼にその必要が？」マーカントが反論する。

「すでに二人射殺されたのですよ？　これ以上黙って見ていることはできません」

国家安全保障省の元諜報員は、意図の計りかねる笑みを浮かべた。「彼らは死んではいませんよ。気絶させられただけです」

「何を根拠に、そう言い切れるのです？」

「彼らの倒れ方と、出血がないことですね。それに、似たようなアルコン製の武器を見たことがあります」

そうして話しながらも、テラニアの使者とインドの女性首相は肩を並べて歩みを進め、異星からの来訪者と、身動きもせず横たわる自称ヒーローたち、そして公衆トイレへと近づいていった。周囲ではファンタン星人を遠巻きに囲むように、群衆が輪をつくっている。兵士らが道を開けさせ、三人を通してくれた。

自分のこれまでの人生のなかでも群を抜いて奇妙な状況に立たされている、マーシャルはそう思わざるを得なかった。「こうしましょう。私とアランがファンタン星人と対話をしている間、よけいな邪魔が入らないよう、貴国の軍の力をお借りしたい。さっきのような襲撃者が出ないよう、目を光らせていてほしいのです」

「対話ですって?」チトラ・シンは奇妙な円筒形の生物を指さして言った。「何語で話すおつもりですか? クリンゴン語?」

一瞬、マーシャルは呆気にとられた。彼女がジョークで場の緊張をほぐそうとしたのだと気づくのに、少し時間がかかったのだ。「クリンゴン語をご存じなのですか?」

「ヘングルーッメフ・カク・ジャジェヴァム」シン首相は言った。「私、昔のテレビシリーズが好きなのです。ああ、先に言っておきますが――インドではローダンが月に着陸するずっと前から、SF熱が再燃しているのですよ」

「さっきのフレーズは、どういう意味です?」マーカントが尋ねた。

マーシャルはその意味を知っていた。まだペイン・シェルターで暮らしていた頃、シドがよくその奇妙な文言を口にしていたからだ。古典的フレーズである。「死ぬには良い日だ」彼はそう翻訳してみせた。

「そいつは、あまり言葉どおりにとらないほうが良さそうだ」とマーカント。

シン首相は部隊指揮官との直通無線を通じて、しかるべく指示を出す。それから、三人は一二の最新型自動小銃に守られながら、さらに進んだ。あの円筒型胴体の上部にぽっかりと開いた黒い穴は感覚器官だろうか、とマーシャルは推測する。もしその推測が正しいならば、ファンタン星人はこちらに視線を向けたようだ。

「我々は、あなたと話しがしたい」マーカントが呼びかけた。「もしよろしければ――」

だが、言葉はそこで途切れた。

奇妙な円筒型生物は、三本の脚でこちらに近づいてくる――そして、振り向きもせずに、彼らの脇をすっと通り過ぎた。

「そのまま行かせなさい！」チトラ・シンが無線で兵士らに指示を出す。「動きを監視しつつ、人に危害を加える様子がないかぎりは自由にさせるのです」

彼らが見守るなか、異星人は小型の飛行物体に再び乗り込み、発進した。機体はふわふわと浮きながら公衆トイレの上空にやってくる。突如、機体の下部からまばゆく光るエネルギー光線が放射された。

群衆から一斉に悲鳴があがる。何人かが逃げ出そうと踵を返し、後ろの者にぶつかって転倒が起こった。

しかし、爆発どころか、人に危険が及ぶようなことは何も起きなかった。ただ、公衆トイレ全体が土台から引き離され、エネルギー光線のなかをふわりと浮き上がったのだ。トイレは小型艇の真下まで上昇していく。小型艇はそのままさらに高く、遠く加速していき、やがて空のかなたに消えた。

シン首相が実にもっともな疑問を口にした。「トイレなど持って帰って、いったいどうするつもりなのでしょう？」

その問いに答えることは難しかった。もっとも、ひとつ確かなことがある。ファンタン星人に常識的な尺度は通用しない、ということだ。

ジョン・マーシャルは頭が痛くなってきた。

15

女王　　　　　　　　　　　　　　　　リコ

タケゾーとその一味はぎょっとして固まった。裏庭に響きわたった三発の銃声が、残響となって消えていく。音から察するに、それは長銃の発砲音だった。一味の反応は、これが彼らにとっても予想外の展開であることを如実に物語っている。

となると、これはチャンスだ。私は少しでも隙があれば即座に逃げ出そうと、状況をじっと窺った。もはや、これからタケゾーにどんな苦難が訪れようが、彼の敵対者が誰だろうが、どうでもよかった。私を罠にはめた理由さえも。

海が私を呼んでいるのだ。こんなトラック運転手のごろつき連中に、一秒たりとも無駄に時間を割きたくなかった。とはいえ一難去ってまた一難、さらなるトラブルに飛び込んだだけだった、という可能性も大いに考えられる。

男たちのせいで視界がさえぎられ、彼らの背後は見えない。あの腕の折れた男が、ゆっくりと振り返った。その膝はガクガクと震えている。

「彼から離れなさい！」こちらに向かって声が響いた。女性の声だ、間違いない。しかも、命令するのに慣れた女性の声である。「ほら、早く！」

タケゾーがズボンのベルトに挟まれた銃に手をやるのが見えた。「あんた、何のつもりだ？　首を突っ込まないでもらおうか、これは俺たちの——」そこから先のセリフは、新たな銃声によって阻まれた。

「いいから、彼から離れなさい。今は頭のぎりぎり上をねらったけど、次はもうちょっと下にいくわよ？　私、射撃の腕は抜群にいいの。さあ、おじいさん、その銃を投げて。ただし、ちゃんと遠くにね」

タケゾーは従った。ピストルが高く弧を描いて宙を舞い、トラックの近くに落ちる。ごろつきのうちの三人が慌てて私から離れた。一人は、あの腕の折れた男だ。それが引き金となったように、次の瞬間には押さえつけられていた脚が自由になり、腕の拘束が解けた。

私は立ち上がった。体の生体部位は若干損傷しているが、修復可能なレベルだ。通常の人間でさえ、この程度の怪我ならば自力で回復できるだろう。

「さてと、まだ残ってる人たちには、特別なおもてなしが必要かしら？」

「い、いらねえよ！」まだ私の近くにいた男の一人が叫んだ。彼は身を屈め、まるでそれで銃弾が防げるかのように手を頭の前に掲げながら、よろめきつつ脇に飛びのく。ちらりと見えた顔は、死人のように青ざめていた。

ようやく開けた視界の向こうで、女が一人、こちらに微笑みかけた。このように圧倒的に場を制圧し、自信ありげに銃を扱うにしては、驚くほどに若い女だった。「さ、行きましょ！」彼女は銃身をくいと振って言った。「安心して、あなたには何もしないわ」私は最後にタケゾーを一瞥した。無害で気のいいトラック運転手だと思っていた男を。彼はズボンの股のところをじっとりと濡らし、滴を地面に滴らせていた。どうやら、他人を脅すのは得意だが、反対側に立たされる恐怖には耐えられなかったらしい。

「ひとつ言っておくけど」私を救った女は言った。「私たちを追おうなんて考えたら、頭の前に別のところを吹き飛ばしてあげる。あなたたちみたいなタイプの男が、ものを考えるのに使う場所をね」彼女は銃身をわずかに下げてみせた。

私は足早に彼女に近づき、連れだって裏庭を後にした。車両進入口を抜けると、一台のジープがドアを開けたまま停車している。女は私の手に銃を押しつけると、運転席に軽やかに飛び乗った。「クイーン」彼女は低くわざとらしい声で告げた。「エンジン始動！」

ジープは彼女の認証に応え、始動命令に従った。モーターがドッドッと音を立てて動きだす。私も車に乗り込んでドアを閉める。そうして我々は出発した。車が走り出すなか、私は危うく悲劇の現場となるところだった裏庭へと続く進入口に目を凝らし続けた。しかし、タケゾーも一味の者たちの姿も、結局最後まで現れなかった。

私は今回の件を貴重な経験として記録し、今後はもう少し慎重にいこうと心に誓った。第二の意識階層では、内部に記録されたあの老人の情報が引き出され、犯罪性の兆候を検知するための解析が開始される。それにしても、この私が罠に気づかないとは。この惑星の住人たちのことは、かなりよく知っているつもりだ。しかしペリー・ローダンの月進出以降、この星では新たな時代が幕を開けた。そういった時代の転換期に、人類は常に新たな行動パターンを見せてきた。新時代の息吹は人々に決断を迫り、自らの立ち位置を明確にさせるのだ。

「クイーン、と言ってたが――」内部解析が続くなか、私は問いかけた。クイーン、すなわち女王。「そいつは、きみの名か？　車両搭載コンピュータにその名で認証登録を？」

女の顎が動いている。ガムを嚙んでいるのだ。「あだ名を使う人は多いわ。別におかしなことじゃないでしょ」

「私は、きみを何と呼べばいいだろうか？」

彼女は少し考えてから答えた。「そうね、クイーンがいいわ」

「では、私のことはリコ、と」

一瞬、彼女はためらいを見せた。「本気？」

「あだ名を使う人は多いからな」私はさっきの彼女の言葉をくり返す。

これは相手の気に入ったようだ。彼女はころころと鈴のように明るく笑った。その間にも車はゴビ砂漠の片隅のちっぽけな集落を——タケゾーに言わせれば「肥だめ」のなかの粗悪な路地をひた走る。やがて、家々の景色は遠く背後に消えていき、それとともに、一歩間違えば深刻な事態となりかねなかった今回の騒動も記憶のかなたに霞んでいった。後に残されたのは、私の救い主であるクィーンというこの女性と今後どう付き合っていくかという問題のみだ。

行く手には、見渡すかぎり岩石とまばらな低木しかない平地が広がっている。これならばタケゾー一味が追ってきたとしても、すぐにわかるだろう。とはいえ、追っ手がくるとは思えなかった。彼らはクィーンの登場によって、恐怖で失禁するほどの臆病者に成り下がったのだから。

さきほどの記憶が甦ってきたところで、ひとつわからないことがあったと思いつく。「きみの最後の脅し文句、あれはどういう意味だろうか?」私は尋ねた。「彼らのような男は、どこでものを考えるんだ?」

彼女は顔をこちらに向けると、にっと笑った。ちらりと見えた白い歯が光る。「それ、冗談で言ってる?」

私はこういった状況で人間がそうするように、肩をすくめてみせた。

彼女は下唇をわずかに噛んでウィンクを寄越す。その瞳は淡青色で、眉はすっと細いラインを描いていた。「あなた、私に拾われて本当にラッキーだったわね」

「そうだ、まだ救ってもらった礼を言っていなかった。けれど、なぜ私を……」

「今はやめましょ。後で話せばいい話題ってものがあるのよ。それより、私に拾われていなきゃ、あなた政府に売られてたわ。あのトラック連中は金になることなら何でもするし、ああいった稼業はいい副収入になる。このゴビ砂漠の片隅では、そう珍しいことじゃないでしょうね」

彼女が何を言いたいのか、よくわからない。もしや、私が何者か——何物か——知っているのか？　この惑星の各国政府は、私のような存在を手に入れるためなら、確かにどんな代償も支払うだろう。ただし問題は、「わたしのような存在」など、私以外には存在しないことだ。私は、このリコという存在は唯一無二なのだ。したがって彼女が私の正体を知っていると仮定すると、こういった誘拐や稼業が「そう珍しいことじゃない」という彼女の主張は、あきらかに矛盾していることになる。

「わからないって顔ね？」クイーンが尋ねた。

私は、もう銃を手にしている必要はあるまいと考え、それを座席とドアの間の狭いスペースにしまい込んだ。「ああ、残念ながら」

彼女はダッシュボードのボタンを押して自分の側の窓を下げ、ぷっとガムを外に吐き出した。「なぜ奴らがあなたを売ろうとしたか、わからない？」口もとは、まだガムを噛んでいるかのように動いている。その口角がぐっと上がり、いたずらっぽい笑みになった。

開けっぱなしの窓から入る風に、彼女の髪がたなびく。「なら、自分の顔を見てみるといいわ、ミスター・リコ。あなた、魅力的だからよ」

「いや、そんなことは……何だって⁉」彼女の指摘に、私は言葉を失った。

謎だらけの救世主はシートに深く背を預け、腕をめいっぱい伸ばしてハンドルを握っている。そして笑いながら私の肩に右手をおくと、こう言った。「ただの冗談よ、オーケー？」そのとき、道路の凸凹にタイヤをとられ、車体がぐいと横に流れた。彼女はすぐに両手でハンドルを握りなおす。「でもね、あなたのその夢見るような瞳を見れば、一目瞭然だわ」

私の瞳。じっと動かない、動かない瞳。ということは、やはり見破られていたのか――？

「あなた、テラニアにいたんでしょう？　ローダンのもとに。あなたたちみたいな、星を夢見るお馬鹿さんたちって、みんな同じね。コツさえつかめば、一〇メートル先からだって見分けられるわ」

なるほど、そういう話か。きみの観察眼は自分が思うほど鋭くはないのだと、指摘するのはやめておいた。きっといずれ、自分の勘違いに気づくことだろう。「きみの言うとおりだ」タケゾーとの間で互いに気づかぬままに繰り広げていた騙し合いを、もう一度ゼロから始める羽目になるのだろうか。

「政府はあなたみたいな人間を欲しがってる。引き渡せば、諜報員から密かに報酬をもらえるってもっぱらの噂よ。もちろん、それなりのコネは必要だけど、さっきのならず者連中なら、その辺は抜かりないでしょうね。もし政府の手に落ちたら、彼らはありとあらゆる手を使って徹底的にあなたを尋問するわ。で、最終的にあなたは必ず、知ってることを洗いざらい白状する」

それはどうかな、と私は思った。

「政府はなんとしてもローダンの秘密を突き止めたいのよ」クイーンは言葉を続けている。「それに実を言うと、私も。でもね、私は奴らみたいにテラニアを去った人たちを誘拐したりはしないわ」

「なるほど。その代わり、売られそうになったところを救出する、というわけか」

彼女はチッチッと舌を鳴らした。「私が助けたのは、あなたが初めて。でも今のところ、あなたには大満足だわ」クイーンはわずかにスピードを緩め、こちらに顔を向けた。「さっきも言ったとおり、あなた、魅力的だもの」

私は次第に、この救世主を薄気味悪く感じはじめた。いったい彼女は何者だ？　頭が少々おかしいのか？　私をからかっている？　それとも――これは本当に、テラニアとペリー・ローダンに関する彼女なりの情報収集の一環なのだろうか。だが、彼女に恩義があることは確かだった。そういった地球特有の倫理基準に、この私が従うべきかは定かではなかったが。

私はただ前を見つめた。――じっと動かない視線。まただ、と思う。だがそのせいか、いつしかクイーンも前に向きなおり、運転に集中していた。しばらく沈黙が続いた後、彼女は出し抜けに尋ねた。「ねえ、リコ、私のお友達。あなた、どこに行きたいの？」

「わからない」

「あら、そんなはずがないわ。誰もが、どこかを目指しているのよ。目を閉じて、自分のなかの奥深くに耳をすましてごらんなさい。心の声を、湧きあがる憧憬を、感じとるの。わからないなんて言わせないわ。さあ、リコ――心のずっと深いところで、あなたを引きつける場所はどこ？」

本当はそんな必要はなかったのだが、私は促されるままに目を閉じた。闇のなかで、何かが動いた気がする。あり得ないことだが、じっと意識を凝らしていると、音まで聞こえてくるようだった。悪路を揺られるジープには、決して出せない音。――渚に打ち寄せては砕ける、波の音。

目を開けると、白い波しぶきが広がった。限りなく短い、しかし絶対的に完璧な一瞬。

「私を引きつけるのは、海だ」私は言った。

「オーケー」とクイーン。彼女の指が楽しげにハンドルを叩く。「何とかなると思うわ」そう言ってアクセルを踏む。エンジンがフルスロットルでうなりをあげた。

16

告白

レジナルド・ブル

「早くここから出なきゃ！」シドの目は爛々と燃えていた。できることならブルにつかみかかって、体を揺さぶってやりたい、そんな様子だ。

「落ち着いてくれ」ブルは頼んだ。というより、それはむしろ命令だった。彼はシドに向かって例の受信装置をさりげなく指し示す。それは彼らとスケリアをつなぐ通信機であり、目下、テラニア境界手前に佇むこの紡錘型宇宙船から外の様子をうかがい知れる唯一の手段でもあった。ニュース中毒者のブルにとって、このように外界から遮断された状態は相当につらいものがある。

ファンタン星人に渡された受信機の小さな画面には、しばらく意味のわからない妙な光景ばかりが映し出されていた。だが先ほどついに、とんでもない映像が送られてきた。どうやらスケリアはインドまで飛行したあげく、歴史的名所の巨大要塞から公衆トイレを奪い、反重力光線で運び去ったようなのだ。

この通信機器の周辺で重要な秘密は喋れない、船内に残された四人の人間はそう理解していた。おそらく、この装置はこちらの行動や会話を記録している。ファンタン星人はそうやって、来訪者——あるいは、捕虜——を逐一監視しているのだろう。

だが通信機器から離れたところで、船内のどこもおそらく似たようなものだろう。ファンタン星人が彼らに自由な移動を許可したのは、どこにいても常時監視できるからに違いなかった。船内のいたるところに固定カメラが設置されているかもしれないし、極小サイズの飛行型録画装置がこちらの一挙一動を見守っている可能性もある。こういったスパイ技術に関しては、地球でさえここ数十年でかなり多様になっているのだ。ファンタン星人にどれだけの技術があるかは、誰にも予想がつかなかった。

「スー、エリック。二人はこの展示ホールにいてくれ!」ブルは部屋の向こうに呼びかけた。「シドと俺は、ちょっと出てくる。後でまた、この部屋で会おう」

少女と《スターダスト》元船医はうなずいた。ブルはシドを伴って部屋を出た。通路には今もまだ複雑に混じり合った、感覚を惑わすような香りが漂っていた。例の、植物が咲き乱れていたエリアの香りだ。シドは無言で、通路の向こうに歩き出した。

ブルは彼を追った。「なあシド、今は冷静さを失っちゃいかん」

「ぼく、こんな船にはいたくない！」

ブルは少年の肩に手を置いた。「そんなこたぁ関係ないだろう。それに、こいつは遠足じゃないんだ」

「だってぼくら、どう見たってファンタン星人の捕虜じゃないか！……ああそうだよ、確かに遠足なんかじゃない。ぼくらは、この船に閉じ込められたんだ！ こうなったら、奴らにこっちの力を見せてやる——それで、こんな船とっととおさらばだ」シドは両手の中指と親指をパチンと鳴らした。火花がふたつ、指先から飛び散る。それだけで、シドが何を考えているかはすぐにわかった。どのみち、最初から明白ではあったが。

「だめだ、シド！ たとえ閉じ込められてようが、俺たちはまだ危険な状況じゃない。今の時点で手の内を晒しすぎるのはマズいだろうが。ただし、もし本当にヤバそうな状況になったら……そのときは、わかるな？」

シドの顔には不満が如実に現れていた。左まぶたの上で血管がぴくぴくと動く。痩せた頬から垂れ下がる皮膚は、この少年がほんの数週間前まで太り気味だったことを示していた。何度もテレポートをくり返したことで、シドはガリガリに痩せてしまったのだ。もしかしたら、彼がやけに落ち着きなくイライラしているのも、それが理由かもしれない。こういった精神的症状は急激に減量した人によく見られるもののはずだ。もっとも、その場合の「減量」は、通常であれば自発的ダイエットの結果か、そうでなくとも何かしら意図的なものだろうが。

「それじゃ、このまま何もしないで待ってろっていうの？」少年は食ってかかった。

「待つんじゃない、観察するんだ。いいかシド、俺たちはファンタン星人のことをもっとよく知らなきゃならん。奴らが何を求めてるのか――」

「それって、公衆トイレ以外で？」

「そうだ。彼らの行動の動機を知り、そいつに納得できてはじめて、交渉も可能になるってこった」ここでブルは声をひそめた。「もしかしたら、それ以上のこともな」

「で、そのためにヘンテコな物体の入ったガラスケースを大量に観察するわけ？」

「そういうこった。特別な状況では、特別なやり方が必要になる、こいつは俺のひいじいさんの時代から言われてる真理なんだよ。ひいじいさんはな、昔話より頻繁にばあさんにそう語り聞かせてた。そういうわけでだ、シド。俺たちはもう一歩進んで、この船の探索に入ろうじゃないか」

シドは少しの間ためらったすえ、ようやく「うん、いいかも」と同意した。

ブルはほっとしつつ、あらためて認識する。確かにシドの存在は万一の際にとてつもなく重要だが……この子には常に目を光らせておく必要がありそうだ。もしシドがカッとなって一人船外にテレポートしてしまったら、残された者は脱出の手段を失うのだから。しかし、ブルはシドを信じていた。この少年には、理想のために役立ちたい、仲間の一員になりたい、という強い意志がある。それこそが何より大事なのだ。こちらが信頼を寄せさえすれば、きっとそれに見合った責任感を身につけてくれるだろう。

行く手には簡素な通路が数メートルほど続いており、その先は暗闇に包まれていた。しかし二人が歩みを進めると、暗かった区画にまばゆい照明がともる。ブルは一瞬まぶしさに目を瞑った。

新たに照らしだされた区画には、何かが大量に吊り下げられていた。鎖や鉤でつながれ、天井からぶら下がっている。異様なその光景は、ブルに食肉処理工場を連想させた。だが、吊り下げられているのは、まっぷたつに裂かれた動物でも、乾燥ハムやソーセージでもなかった。

シドが数歩走り寄って手を伸ばし、大量にぶら下がる棒のような物体のひとつを引っぱった。その拍子に鎖がはずれ、棒は少年の手に収まる。シドは手にした獲物を軽く振ってみた。見た目は節くれだった木の枝のようだ。ただし、この枝は——本当に枝なのかは不明だが——深い青色で、表面には小さな光の点がいくつも蠢いている。

突然、シドが手にしていた棒を壁に投げつけ、手を振り払った。水しぶきのような何かが指から飛び散り、床にぴちゃりと落ちる。シドは嫌悪に顔をゆがめた。

壁に当たった枝からも、光の点がいくつか飛び散っていた。床に撒き散らされたそれらは、枝に向かって這い戻っていく。「こいつら——虫だ」シドが言った。枝を手にしていた右手を慎重に確認し、人差し指にくっついていた光の点を左手ではじき飛ばす。「ファンタン星人の奴ら、なんでこんなのを天井からぶら下げてるんだろう？」

ブルはにやっと笑った。「所変われば、品変わるって言うだろう？　おまえさんも、そろそろ気づいたはずだぜ。ファンタン星人は、奴ら自身が何かしら興味深いと感じたものを収集してるんだ」

「これのどこが興味深いっていうのさ？」

「ジェンブスかスケリアが戻ったら、聞いてみな」

吊された棒の下をくぐって、二人はさらに進んだ。シドは光虫が落ちてくるのを気にしてか、頭を下げて手を頭上にかざしている。一方、ブルはそこまで心配していなかった。さっき見た感じでは、あの虫たちは元いた枝をたいそう気に入っている様子だったからだ。彼はすべてを冷静に俯瞰していた。一見珍妙で些末なことも、ファンタン星人を知るという意味では大いに重要かもしれないのだ。

やがて、彼らは十字路に差しかかった。床には迷路のような模様が描かれた、毛足の長い絨毯らしきものが敷かれている。感覚を惑わすその模様を見ていると、次第に周囲の景色がぐるぐると回りだす。危うくよろけそうになったところで、ブルは慌てて奇妙な模様から視線を引き剝がした。

「左？」シドが聞いてきた。どうやら、あのおかしな魔術には屈しなかったようだ。

「なんで左なんだ？」

「別に。左じゃだめな理由もないじゃん」

「いい答えだ」ブルはテレポーターの少年の後に続きながら、この不思議の国で次に何に出くわすのかと興味津々だった。

急にシドが走りだした。「あそこ！」それ以上の説明はなかったが、どのみちブルもすぐにシドの指すものを理解した。

通路の壁が一部透明になっている。まるで、パノラマ窓の前に立っているようだった。ただし、窓の外に見えるのは船外のゴビ砂漠やテラニアではない。そこには、今いる通路よりはるかに天井の高い、巨大な格納庫が広がっていた。

格納庫内には、スケリアが乗っていたような小型搭載艇が数隻、宙に浮かんでいた。うち二隻は着陸し、三隻目は今まさに発進しようとしている。機体はどんどん上昇していき、かすかにうなりをあげるエネルギーフィールドを通過して、はるか上空に消えていく。

一方、着陸した機体からはファンタン星人たちが降りてきた。獲ってきたばかりのベズンを運んでいる者もいれば、ロボットに運ばせている者もいる。それを見ながら、ブルは考えていた。例の謎めいた「ベズン」という言葉は、単純に翻訳するならば「獲物」とか「略奪品」ということになるのだろう。だがファンタン星人にとっては、おそらくそれ以上に深い意味がある。彼らにとって、ベズンは生きる意味であり目的なのだ。ただし、それが義務なのか、それとも一種の趣味なのか、それはわからない。ベズンは彼らの労務なのか、あるいは喜びなのか。それとも、人間には決してわからない、もっとまったく別の何かなのか――。

ブルの視線の向こうで、ファンタン星人の一人が二メートル近い巨大なヘビを抱えて歩いていた。ヘビはぴくりとも動かない。別の一人は、焦げついた深なべを手にしている。さらに二体のロボットが引っぱっているのは――ブルは我が目を疑った――今ではほぼアンティークと化したオールドカーだった。彼の記憶が正しければ、あれは確かプリムス・フューリーの一九五八年型だ。ネバダ宇宙基地にいた頃の同僚に、こういった種類の車に目がない奴がいたのだ。ブルは一度ならず彼の車トークを聞かされたものだ。

そのとき、足音がした。

ブルは振り返る。「――エリック？　どうした、なぜここに？」

《スターダスト》元船医が答えるより先に、シドが叫んだ。「スーはどこ？」

まさに同じことを聞こうとしていたブルは、口をつぐんだ。マノリの表情は明るさからはほど遠い。それはすなわち、一秒たりとも無駄にはできないことを意味していた。

「スケリアが戻ってきた」マノリの手が拳の形に握られる。「スーを連れていかれた。私にはどうすることもできなかったんだ」

少女は一本しかない腕をぎゅっと体に押しつけ、肩口で途切れたほうの腕をかき抱いていた。先ほどから、ひと言も喋ろうとしない。スケリアがあらためて話しかけると、少女はこれ見よがしに胸もとの翻訳ディスクをはぎ取り、床に投げ捨てた。

「怖がることはない」スケリアは安心させるように言った。翻訳機はあたり前のように、滞りなく機能していた。すでに彼ら人間の言葉はじゅうぶん解析済みなので、翻訳機を直接接触させる必要はないのだ。装置から離れれば音は小さくなるが、それはさして問題ではないだろう。

少女は口を開け、深く息を吸い込み、それから頭を垂れた。

スケリアに連れてこられてから、ずっとこの調子だ。スケリアはエリック・マノリという人間からスーを引き離し、この小部屋に連れてきたのだった。ここは知能を備えたベズンのための一時的な宿泊室で、緊急時には呼吸用の特殊な混合気体を注入することも可能だ。みすぼらしく殺風景な場所ではあるが、彼の目的にはじゅうぶんかなっている。

「おまえと話がしたい」スケリアは再び切り出した。

少女からの反応はない。

そこで、彼は別のアプローチを試みた。「助けてほしい」少女の右目が不思議な色合いに揺らめく。そこから、液体がこぼれ落ちた。

スーは顔を上げて、スケリアを見た。少女の右目が不思議な色合いに揺らめく。そこか

「怪我をしたのか？」彼は尋ねた。

「いいえ」とまどったような返事が返ってくる。

「おまえの目……」

スーは頭を振って、残っている手で目元の液体を拭う。「違うの、これは何でもない」

「気づいているだろう？　私もおまえと同じように、体の一部が欠けていることに」彼は言った。「我々はどちらも、不完全だ」

少女はうなずいた。彼ら人間の間では同意のジェスチャーだ。コミュニケーションは滞りなく機能している。

「我々は欠損した、軽蔑すべき存在だ」スケリアはそう続けながら、少女の反応をじっと窺っていた。

スーの瞳孔──奇妙なことだ、ほとんどのヒューマノイド種族はこれを有している──が大きく広がった。「私は自分のことを軽蔑してないわ。それに、あなたのことも」

その言葉に、スケリアは衝撃を受けた。こんなにもおかしな話は今まで聞いたことがなかった。この少女は、自分に嫌悪を感じないのか？　その体で？　腕が一本欠けていると

いうのに？　「聞いてくれ」彼は頼んだ。「俺が六肢のうちの二本をどうやって失ったか、話してやる」

スーの腕が下がり、体の脇にだらりと垂れ下がる。少女は相変わらず、じっと黙ったままだった。そこでスケリアは、彼のなかで永遠にくり返されるあの記憶を、はじめて口に出して語りだした。彼の脳裏に何千回となく再現される記憶。だが彼は一度たりとも、そのことを同じファンタン星人に語ろうと思ったことはなかった。そして、ファンタン星人相手でなければ、他に誰がいるというのだ？　ベズン相手に語るのか？　あり得ない考えだ。そう、あり得なかった——スー・ミラフィオーレに出会うまでは。

「まだベズン狩りに出始めて間もない頃、俺は一匹の獣にねらいを定めた。だが当時の俺は、相手の危険性を見くびっていた……。獣に噛まれて、怪我をした。それくらいなら、どうってことはない。誤りはもっと違うところにあった……」

スーの上唇がぴくりと動いたが、彼女は沈黙を続ける。

「俺は、敵の区分を見誤ったのだ。獣だと思っていた相手は、知能をもった生命体で——武器を持っていた」

金属が空をひらめき、スケリアの脚を貫いて地面に釘付けにする。ベズンが二本目の剣を振り上げた。最初の剣よりもずっと小さなそれは、完璧な弧を描いて空を切り、スケリアを切り裂く。何度も、何度も——。

「短剣のような武器だった」スケリアは言葉を続けた。「俺にはもはや抵抗もできなかった。やがて、その生命体は殺すのは諦めたのか、俺をその場に残して去っていった。あの場で殺してくれればよかったものを。その後、惑星を出立する直前に、仲間のファンタン星人が俺を見つけ、船に連れ帰った。そうして傷の手当てが済んだ頃、俺はようやく目覚めたってわけだ。——軽蔑すべきことだ」

「いいえ、悲しむべきことよ」スーは言い返した。再び、少女の目から液体があふれ出る。今度は、両の目から。

「あれ以来、俺はもはや完全ではなくなった。外見も、心も。俺はベズンが怖い。だが同時に、他のファンタン星人と同じようにベズンを求めてもいる。狩りに出ている間だけは、自分を軽蔑せずに済むんだ。それでいて、狩りに出るのが恐ろしくてたまらない。また同じ目にあったら。また、敵の力量を見誤ったら——」

「私は生まれつき、腕が一本しかなかったの」少女は言った。「だから今まで、つらいと感じたことはないわ」

「嘘だ！　嘘に決まっている！」

スーは彼をじっと見つめ、唇を噛みしめた。まるで同意の言葉を無理やり飲み込むように。「あなたの気持ちはわかったわ」しばらくして、ようやく彼女はそう言った。「お願い、みんなのところに帰して」

スケリアはその願いを聞き届けた。

17

死の一部始終

ペリー・ローダン

六〇隻の新たなトプシダー艦。

フェロン艦隊にもたらされる、六〇倍の死と破滅。

《グッド・ホープ》の離脱を妨げる、六〇の障壁。これにより彼らは、今いる隠れ場所に足止めされたまま、恐怖の光景を子細にわたって目の当たりにすることを強いられるのだ。

ペリー・ローダンは、戦略図ホログラムと船外映像の両方に映し出される終末を見守った。つい先ほどまで燃えさかり落下していく軌道ステーションの残骸をとらえていたホログラムに、惑星から飛び立っていく艦船の姿が映し出される。それはいかにも脆く、無力な船だった。おそらく戦艦ではなく、軌道ステーションとの行き来を担う交通輸送船なのだろう。残された、最後の戦力だ。

その光景を目にしたカクトールが叫び声をあげた。彼はホログラムに向かって腕を振りまわし、手を伸ばす。まるで、敵の艦隊を宇宙からつかみ出し、握りつぶさんとするように。指先が小刻みに震える。カクトールはその手をぐっと体に押しつけ、指先が食い込むほどに肩をつかんだ。切れ切れの悲痛な声音が、口から絞り出される。最初の同胞艦が炎球と化した瞬間、彼は再び叫んだ。

ローダンには、カクトールの気持ちがよくわかる。だが、彼には何もできなかった。途方もない悲痛は避けようもなく迫り、ヴェガ星系は刻一刻と死に支配されていく。死と、それをもたらした者に。

トカゲどもに見つかった。緊急通信はそう告げていた。殺戮をもたらす、残忍な未知の生命体。それはまさに、人類がアルコン人に対して抱いていた恐怖のイメージと同じだ。地球では何十年も前から、小説や映画でくり返しそうした恐怖が描かれてきた。人間を根絶やしにする、宇宙からの侵略者――。だが、本当にそんなものが存在するのか？　彼らトプシダーは本当に……。

物思いに沈んでいた彼を、物音が現実に引き戻した。カクトールが倒れたのだ。ローダンは振り向いた。その直前に一瞥したホログラム映像には、惑星の大気圏内を燃えさかる炎の海が広がっていた。

青い肌のフェロン人は床に倒れ込んでいた。頭をのけぞらせ、額に手を当てている。アンネ・スローンがしゃがみ込んで、彼の悲しみを慰めようと肩に手をおいた。カクトールはうずくまった。「同胞が死んでいく」まるで死の間際のような力のない声だった。「だが、まだあなた方がいる。あなた方は、光取り戻す者。何とかしてください！」

「あなたと同胞をお助けできるよう、力を尽くします」異星人の見慣れぬジェスチャーに、ローダンはとまどいを覚えた。驚愕を表しているのだろうか？　それとも――光もたらす者への畏敬の念か？　だが、そのように敬われることには抵抗があった。彼らとてフェロン人と同じように、この戦いがもたらす死と苦痛を前になすすべもないのだから。

カクトールは肩から下げた鎖を手でまさぐっている。ローダンも少し前から、その存在に気づいていた。カクトールは鎖を引いて、制服の胸ポケットからきらきら輝く球体を取り出すと、顔の前に掲げる。一瞬、彼はそれに口づけるかと思わせるそぶりを見せたが、結局ただコツンと額に当てただけだった。それから、指先で球面をそっとなで、軽く押す。

突然、球の表面に虹色のひびのようなものがにじみ出した。それはやがて、何かの像を形づくっていく――一人のフェロン人の肖像が、球面に映し出された。

ローダンは映像のなかの女性を見つめた。青い肌をした顔を、豊かに茂る濃緑色の葉が縁取っている。「これはあなたが……人生をともにする女性ですか？　あなたの――」

「ええ、三人の妻のうちの一人です」カクトールが言葉を継いだ。画像がすっと薄れ、代わりに別の女性の肖像写真が現れる。「こうして見ていると、心が慰められます」

次に映し出されたのは、たくさんの子供たちだった。一〇人はいるだろうか。周囲を恐怖が取り巻く今、この状況下にあって、ローダンの口元にひとひらの希望にも似た笑みが浮かぶ。〝野球チームが作れそうだ〟彼は思った。「あなたのご子孫ですか？」

まるで子供たちをなでるように、カクトールの指先が球面をなでた。「ええ、そのうちのほぼ半数です」

「お子さんは全部で何人いるのですか？」

「だいたい二四人ほど」

「だいたい二四人……」アンネ・スローンが信じられないという声音で小さくつぶやくのが、彼の耳にも届いた。アクセントは明らかに最初の単語に置かれている。

カクトールは球体を再びポケットにしまった。その顔には決然とした表情が浮かんでいる。彼が立ち上がったため、ローダンはその体を支えようと慌てて手を伸ばした。フェロン人は一瞬不思議そうな顔をしたのち、その手を取った。「あなた方はトルトに会わねばなりません」彼は出し抜けに言った。

「トルト……ですって？」尋ねたのはトーラだった。彼女がこちらの会話に入ってくるのは、新たなトプシダー艦隊が出現して以降はじめてのことだ。それまでトーラはずっと極度に集中した状態で仮想コンソールに向かい、ひたすら手元に視線を落としていたのだ。

「トルトは、我らの君主です！」カクトールはそう説明した。「あなた方は全員、トルトに会わねばなりません。トルトは想像もつかないほどの力と可能性を有しています。トルトと光もたらす者は、共にあるのです！」

「ならば、その彼は我々よりも強いはずです」ローダンははっきりと告げた。フェロン人が自分たちのことを何か神秘的な、神のような存在と考えていることが、次第に不快に思えてきたからだ。

カクトールはたじろいだ。視線がトーラと、ホログラム映像、そして人間たちの間を行ったり来たりする。彼はことさらラス・ツバイをじっと見つめた。まるで、あのとき窒息死から救ってくれたように、再び自分を助けてほしいと期待するかのように。

「比べることなどできません。トルトは……」フェロン人はふさわしい表現を探しあぐねて口ごもったが、結局言葉にはならなかった。「あなた方は、我らを助けなくてはなりません」彼は続きを諦め、新たにそう主張した。「あなた方全員が！」

「できることなら私とて、それ以外に望みはありません」ローダンは言った。「しかし、無理なのです。今我々にできるのは、このままじっと身を隠し、敵に見つからないよう祈ることのみ。もし見つかれば、全員が死ぬことになります」

そのときだった。トーラのひと声が、室内に響きわたった。「それは違います。支配的で、心を揺さぶる、すべてのものの上に君臨する者の声だった。我々にはじゅうぶんできることがあるのだから」

自身の発言に爆弾並みの威力があることを、トーラは自覚していた。「解析が完了したのです」彼女は説明した。「私はこの現状分析に一〇〇パーセント自信を持っています」

誰も何も言わない。全員が彼女の次の発言をじっと待った。フェロン人はトーラをちらりと見たのち、すっと視線を下げる。〝光もたらす者の言葉を待っているんだわ――彼にとっては神にも等しい者の言葉を〟トーラは気づいた。〝私がこれから何を言おうと、彼はそれに従うだろう〟

トーラはローダンの様子をことさらに窺った。自分の次の言葉に、彼がどんな反応を見せるか気になったのだ。新たな事実を、はたしてローダンはどう受け止める？　少なくともこの戦場に限って言えば実際に神になれるほどの強大な力を、彼はどう扱う？「我々は幾度となく、トプシダー艦の力がフェロン人のそれをはるかに凌駕していることを目の当たりにしてきました。しかし、解析の結果、そのトプシダー艦も、《グッド・ホープ》の前では同じく絶望的に無力な存在だということが判明したのです。我々は、彼らを制圧して戦いを終結させることができる」

「待ってくれ、《グッド・ホープ》はスクラップ同然だと、何度もくり返し強調していたのは、あなた自身だ」声高にそう言ったのは、アレクサンダー・バトゥーリンだ。「確かに通常であれば、アルコンの技術は圧倒的でしょうが……」

「私の解析に疑問の余地はありません」トーラは彼の言葉をさえぎる。「当然、この船の状態についても考慮に入れたうえでの結論です。我々はトプシダー艦隊を一挙に殲滅できる。彼らがフェロン艦隊に対して行ったのと同じように——。あなた方の古い伝承にもあるでしょう？　目には目を、歯には歯を、と」

ローダンの視線が自分にひたと据えられているのを、トーラは感じた。彼が今何を考えているのか、手に取るようにわかる。ローダンは今、新たな視点からトーラを見つめ、そして自問しているのだ。なぜ彼女が突然、シニカルな態度ひとつ見せずに利他的な行動へ出たのか。なぜ個人的に何の見返りもないにもかかわらず、戦闘への介入を選択したのか。

フェロン人に助力し、圧倒的に優勢な侵略者を制圧、駆逐する——それは確かに、つい先ほどまで彼女の目指すところではなかった。しかし、状況は変わったのだ。人間たちや地球にとってだけではなく、トーラ自身にとっても。加えて、彼女はひとつの疑念を抱いていた。ヴェガ星系こそが、彼女とクレストが長らく探し求めた地ではないのか——。

「どうするのです？」トーラは声に力を込めた。「このまま何もせず無駄にこの場に隠れていれば、その一分一秒が、さらなるフェロン艦の撃沈につながります」

「我々に敵を殲滅する力があるとして――」ローダンが口を開いた。「問題は、それが許されるのかどうかです。我々はまだトプシダーについて何も知らない」

「まさか、躊躇しているとでもいうのですか？」トーラは問いただす。「よりにもよって、今になって？」

ローダンは仲間一人一人の顔に視線を向けた。ラス・ツバイとアンネ・スローンがうなずく。ダーリャ・モロソワとウリウ・セングも。

「攻撃を」ローダンは決断した。「トーラ、《グッド・ホープ》を発進させてください。兵器の準備を頼みます」

アルコン人女性は微笑んだ。すべてはとっくに準備済みだ。《グッド・ホープ》には発射管に装填すべき魚雷など存在しない。その代わり、球形艦の両極それぞれに搭載された二門のサーモキャノン砲がすでに待機済みだった。これがあれば、相手艦に比べて笑えるほどにちっぽけな六〇メートル級搭載艇であっても、敵陣に破壊の轍（わだち）を刻むことができる。

トーラは月の陰から《グッド・ホープ》を発進させた。そして、今もなおフェロン艦を追い立てていたトプシダー艦の一隻を最初の標的に定める。

《グッド・ホープ》は全速力でトプシダー艦の隊列のなかに突っ込んでいった。二門のサーモキャノン砲が同時に炸裂し、輝きを放つエネルギー光線が二五〇メートル級艦めがけて疾駆していく。間髪を容れず、二撃目が防御シールドを襲った。過負荷状態となったシたからだ。

ールドが破裂し、トプシダー艦は一時無防備な丸裸の状態となる。だが、それも一瞬のことだった。なぜならその直後、三たびサーモキャノン砲がひらめき、その船体を打ち砕いたからだ。

金属が融け、船内の空気が一瞬で漏れ出す。炎の海が燃え立ち、凶悪な破壊を示すきのこ形に膨れ上がった。敵艦の船体がまっぷたつに破断する。折れた船体の片方は、巨大な爆炎に包まれた。青いエネルギー閃光が断続的にちらつく。おそらく爆発した動力ユニットが放電を起こしているのだ。目のくらむようなまばゆい白光が破壊的な球形に膨れ上がり、そして弾けた。

残った半分の船体はなおも瓦解を続けた。船体の断片が小惑星のように宇宙空間を吹き飛び、一部は惑星大気圏に落下して燃え尽きていく。そこから、小さな点のような何かが胞子のように撒き散らされた。艦船のデッキ、外壁、それに――乗組員たち。

「トーラ！」ローダンは叫んだ。「これ以上の徹底破壊は必要ない！ 航行不能にして足止めするか、逃走させるにとどめてください！ 一隻撃沈すれば、メッセージとしてはじゅうぶんだ！」

そのとき、艦載システムが無線通信をキャッチした。トプシダー艦からフェロン言語で送信されたものだ。ポジトロニクスによってアルコン語に変換されたその通信文を、トーラは凝視した。彼ら宛てではない。しかしそれは、先ほど撃沈したあのトプシダー艦が残した最期のメッセージだった。〝命を尊重せよ！　できうるかぎり守れ。不可避な場合にのみ抹殺せよ〟――これはいったい、どういう意味だ？　彼らトプシダーがフェロン人に対して行った虐殺を思えば、このメッセージは滑稽にすら思えた。しかも、彼らは今もなおフェロン人への虐殺を続けているのだ。

そう、まだ終わっていない。

何も終わっていないのだ。

トーラは通信文を画面から消すと、さらなるトプシダー艦隊に向けて《グッド・ホープ》を駆り、砲門を開いた。

18

星への郷愁

リコ

八時間ぶっ通しで走り続けた末に、クイーンはようやくエンジンを切った。ハンドブレーキを入れ、首をさする。「まったく、ひどい場所ね」

私は窓を開けた。辺りには夜の帳が降りつつあった。この惑星で広く用いられる暦で言えば、二〇三六年七月三一日の夜。しかし日が落ちてもなお、その界隈は周囲の工場フロアから響く車両や機械の騒音に満ちていた。こういった場所では、きっと二四時間この調子なのだろう。さらに港で働く大勢の労働者たちの声も響いてくる。だが、そうした騒音に混じって、私の耳は波の音をとらえていた。岸壁や船側にパチャパチャと当たっては砕ける波の音を。

「すてきな場所だ」私は先ほどの同乗者の言葉に異を唱えた。

「すてき？　これが？　変わった人だとは思ってたけど、あなたってほんとに変人ね」

私は彼女に向きなおった。クイーンは目をこすっている。「なぜきみは、私を乗せて広い国土を横断し、一五〇〇キロもの道のりを共にしてくれたんだ？」

彼女はジープのドアを開け、外に出た。「それ、今になってようやく疑問に思ったの？ほぼ丸一日ドライブしてたっていうのに……」

「だいぶ前から、疑問には思っていた」私は彼女の言葉をさえぎった。長い旅路は、私にとって決して不都合ではなかった。その間に自動修復システムは私の微調整を完了し、生体と機械とのインターフェースを完成させていた。ようやく、外面も内面も完全体となったのだ。あのとき、ゴビ砂漠の岩陰で目覚めたときの我が身の残骸を——どろどろに融けた何かだった自分を、私は信じられないような思いで振り返る。

クイーンは車に寄りかかると背中をぐっと伸ばす。そして、のけぞらせた後頭部を車の屋根へと載せた。「私もね、以前はしょっちゅう、もっとずっと遠くへ旅したものよ。でも、これにはまいるわ」

私は彼女の隣に立った。「どういう意味だ？」

彼女は身を起こして、こちらを見た。「何でもないわ、忘れて。それで、リコ？　あなたは海にたどり着いた。これからどうするの？」

私は再び異を唱えざるを得なかった。「ここは海じゃない、人でごった返す港湾施設だ。

巨大工場の前の駐車場に、ようやくひとつ駐車スペースが見つかるくらいのね」

　ギガトラックが轟音とともに通り過ぎたかと思うと、タイヤをきしませて急停止する。このバスは労働者を乗せて工場フロア間を走るシャトルバスに追突しそうになったのだ。このバスは交差路の真ん中で立ち往生していた。というのも、積み降ろし作業中の自動クレーンが一〇メートル頭上のコンテナをつかんだとたん、そこから大量のネズミがキーキー鳴きながら雨のように降ってきたからだ。ヘッドライトの光のなかで、ネズミたちは短い脚をばたつかせながら宙を舞い、地面にばたばたと落ちた。

「ねえ、もう一回訊かせてもらうけど――」クイーンが言った。「これが本当に、すてきだと思う？」

「少なくとも海の音が聞こえるのは、心地がいい」

「そんなの聞こえる？」

「……確かにきみの言うとおりだ」私は話題をそらした。生体科学ハイブリッドを基盤とする私の聴覚が並外れて鋭いことを、彼女に気づかれるわけにはいかない。「もう少し海の近くまで行けないだろうか？　汚物や人混みにまみれていない所に」

　クイーンはため息をついて車に乗り込んだ。音声指示でエンジンを入れる。「この近辺でマシな場所を探すのは、難しいと思うわ。双方向マップを見る限り、望み薄ね」

「渤海の湾岸は、どこもこんなに人が多いんだろうか？」

「ここは首都の北京に一番近い海なのよ」クイーンが説明する。「人がごった返す場所といえば、まず真っ先に挙げられるでしょうね」車は走り出した。だが、その進みは亀のようにのろかった。バス、市電、リニアモーターカー、積み降ろしクレーン、貨物車両……何もかもがごった返し、混沌としていた。しかし、クイーンは驚くほど平静に雑踏を抜けて車を走らせる。

私はその間、考えていた。目覚めて以来、絶えず私を海へと引き寄せてきた、この奇妙な憧憬の正体を。だが、こんなにも海の間近まで来たというのに、答えは見つからない。

「緊張しているのね」クイーンが突然言った。

「なぜ、そう思うんだ？」

「あなたとは永遠に近いくらいの長い時間を、同じ車内で過ごしてきたわ。けど、そんなふうに指を交互に組んで爪をいじるしぐさは初めて見たもの」

私は目を下にやった。「……本当だ」その言葉は、飲み込む間もなく口から漏れた。私は自分でも驚いていた。

クイーンが突然クラクションを鳴らす。車のすぐ前を大量の人間がぞろぞろと横断しだしたからだ。「ねえ、私、知ってるのよ」

私はゆっくりと、組んでいた手をほどく。「知っているって……何を？」

「あなたのその、狂おしいほどの憧憬を。ああ、勘違いしないで。私は別に海に惹かれてるわけじゃないの。海は嫌いよ」

「では、どこに?」

どのみち発車はできないからか、彼女はこちらに身をかがめ、私の耳元に口を寄せた。

「星に」そう囁く。彼女の息が肌をかすめた。

首すじの産毛がぞっと逆立つ。こうした一見無意味で取るに足らない身体現象が忠実に再現されていることに、私は満足する。「星に惹かれている? きみが? だが、きみはテラニアの連中を変人だと言っていたじゃないか」

彼女は底知れぬ笑みを浮かべた。「最初に言ったはずよ? 私はペリー・ローダンに関する情報を集めている、彼の秘密を突き止めたい、って」

「それなら、私を乗せて海までの一五〇〇キロの道のりを走るより、もっと楽な方法があるはずでは」

「あら、それはどうかしら?」

ようやく労働者の最後の一人が通りを渡り終え、クイーンは車を発進させた。今度はすんなりと、工場区画のはずれまで到達する。人工的な光の海を越えた先には、次第に深まる夜の闇が広がっていた。もっとも、ここからすぐに海に出られるわけではない。目の前には倉庫のような殺風景な建造物が列をなしていた。港の周辺で労働者たちに安価な住居を提供する、一種の衛星都市だ。

道路は海から少し離れた位置を海岸線とほぼ平行に走っていた。この辺りで車を降りて、あとは徒歩で運を天に任せるべきだろうか、と私は思案する。だがタケゾーのときとは違って、同乗者から離れたいという思いは不思議とまったく湧いてこなかった。クイーンには何か秘密がある、私はそれを暴きたかった。彼女は――興味深い。

クイーンの声が私を思考から引き戻した。「見て、あの標識。海水浴場まで三キロ、ですって。まさにあなたが求めてた場所よ、リコ！　――探していたものが見つかることを、祈ってるわ」

「きみと違って？」私は返す。

彼女のハンドルを握る手に力がこもった。「私のほうも、なかなか順調よ」

走り出したいと全身が叫んでいたが、私はその欲求を抑えつけ、クイーンと並んでゆっくりと歩いた。砂浜に寝ころぶ人々の間を通りすぎていく。この暗いなかでも、海辺にはまだわずかながら人影があった。波打ち際では騒がしい叫びやはしゃいだ笑い声があがっている。

「観光客よ」クイーンが言った。「北京に向かう途中に立ち寄る人が多いんでしょうね。たぶん、あっちのお二人さんも」そう言って、明らかに人工的に植えられたヤシの木陰の、こんもりした茂みを指さす。葉々がガサガサと音を立てた。

彼女の視線を追った先に裸の脚が見えた気がしたが、どうでもよかった。私はさらに歩き続けた。そして、優しく打ち寄せる波の裾が足先を洗う頃、はじめて立ち止まった。

「すまない、クイーン」

「なぜ謝るの？」

「きみは私を海まで連れてきてくれた。なのに、私はきみに何も返せていない。きみの星への郷愁を満たす手助けも」

「それじゃ、目的の地にたどり着いたと、そう思えたのね？」

私は答えられなかった。彼女にも、自分自身に対しても。深く考えることなく、私はさらに一歩海に踏み入った。膝の辺りまで海水に浸かる。

「あなたが引き寄せられてたのは、海辺じゃなくて、海の
なかだったのね」クイーンは気づいたようだ。

私はうなずきながら、その指摘に驚いていた。

「私たちは、あなたが思うほど違ってはいないわ」

「そうだろうか、だがきみは——」

彼女は最後まで喋らせなかった。「私の本当の名前は、クイーンじゃないの」

「だろうな。ああ、もちろんだ」

「そしてあなたも、あなたの言うような人じゃない」

私は身をかがめると、海水に手を浸した。「何か思い違いをしているんじゃないか？私はリコだ」

クイーンは自分も海に入り、私のすぐ目の前に立った。私の手をとって持ち上げると、そのままさらに強く握る。「けれど、あなたは人間ではない」

沈黙が流れた。〝なぜそんなことを？〟〝どうしてわかったんだ？〟〝頭がおかしいんじゃないか？〟——考えられるどの問いも、私は口にしなかった。

彼女は、私の手を離そうとしない。

「それで？」私は尋ねた。

クイーンは軽くうつむき、人差し指で両の目もとをなぞって、目を閉じた。そのままじっと静かに、身動きもせず佇んでいる。優しい波が、二人に心地よく打ち寄せた。海のなかに潜りたいという欲求が、次第に強くなっていく。だが、その欲求を叶える代わりに、私は彼女の顔を覗き込む。「なぜ目を瞑ったままなんだ？　何を考えている？」

「私の真の姿を、見せてあげようと思って」彼女は目を開けた。その虹彩が、真っ赤に変わっている。

「——きみも、人間ではないのか」

「ええ。私たちはどちらも、この惑星の住人ではない。けれど根本的に異なる存在よ。私はアルコン人。そして、あなたは……。でもね、リコ、たとえあなたが何であれ、私たちはつながっている」彼女は私の胸に軽く触れた。「あなたの海への欲求と……」ゆっくりと、視線を下げる。「……私の星への欲求。あなたの憧憬を叶えるために、手を貸すわ。

——あなたが、私の望みに手を貸してくれるなら」

19

二重の逃走

シド・ゴンザレス

スーがいなくなった——しかも、ファンタン星人にさらわれて！

さまざまな感情が次から次へとシドを襲う。いつかこんな事態が起こるって、わかりきっていたじゃないか。何か恐ろしいことが起こりそうな気配は、紛れもなく最初から漂っていた。この、あちこち奇妙な紡錘型宇宙船が一見どんなに魅惑的に見えたって。ブルが飽きもせず何度も強調したように、いかに無害に見えたって——。

「どうしよう?」テレポーターの少年は問いかけた。「スーを探さなきゃ！　でも、どうすればいい?」

「ファンタン星人に、俺たちと話をするよう要求する」ブルが言った。「例のジェンブスと、あの世話役の相棒が俺たちの監督者だっていうんなら、こっちの様子は常に見てるだろうからな」

「もし、ぼくらのことなんか見てなかったら？」

ブルは突如として、入船以来ずっと保ってきた冷静さと、余裕のある態度をかなぐり捨てた。今この瞬間、彼本来の烈火のごとき気質が戻ってきたのだ。それは、シドがずっと心待ちにしていた、熱いブルだった。

「そのときは――力ずくで注目させてやりゃあいいんだ」ブルはそう言って、拳を握った両腕を振り上げた。

エリック・マノリが完全に困惑した様子で尋ねた。「どういうことだ、その辺のファンタン星人に殴りかかりでもする気か？」

《スターダスト》元船医と違って、シドにはブルの言いたいことがすぐわかった。シドとしても完全に同意見だ。スーが誘拐されたとなれば、こっちだってもはや黙っていないと、はっきり示さなければならない。「違うってば！　もしものときは、あの展示室だか何だか知らないけど、あの部屋に戻るんだ。それで、展示品をひとつ残らずぶち壊す！」

マノリはゆっくりとうなずいた。シドの知る彼は、ブルとは正反対に冷静そのものだ。

「ジェンブス！」ブルは虚空に向かって叫んだ。「聞こえるか？」

何の反応もない。

ブルはさらに大声で続けた。「あんたと話がしたい！　おたくの仲間のスケリアが何をしでかしたか、すでに知ってるだろう？　我々はスー・ミラフィオーレの即時かつ無傷での解放を要求する！」

彼らは依然として、あの大きなパノラマ窓の前にいた。窓の向こうには、離着陸が続く格納庫の様子が見えている。シドはこれ見よがしにコツコツと窓ガラスを叩いてみせた。

「ところでさ、ファンタン星人と話したいっていうなら、この向こうにたくさんいるよ？　盗んだお宝をいっぱい抱えて上機嫌な奴らがさ。ぼく、ちょっと行ってきて、奴らの気分をぶち壊してこようか？」格納庫までは数メートルもない。ごく短いテレポートでじゅうぶん行き来できる距離だ。

マノリが首を振った。「いや、さしあたっては、我々の監督担当らしい例の二人と直接話したほうがいいだろう」

その願いは、シドが思うよりもずっと早く実現した。スケリアがいる——彼はシドが唯一個体認識できるファンタン星人だった。なぜなら、他の仲間と違って、手足のような触手が四本しかないからだ。そのスケリアが、落ち着き払った様子でこちらに歩いてくる。しかも一人ではなく、スーと一緒に。

シドはスーに駆け寄った。怪我はしていないように見える。「スー！　なんでさらわれたんだ？　あいつに何された!?」

「落ち着け、シド。冷静になるんだ！」ブルが強くたしなめる。もう何千回と聞かされた気がするセリフだ。

「ベズン相手に説明する義理などないが――」スケリアが言った。「彼女と話をする必要があったのだ」

シドはスーと異星人の間に立ちはだかった。今すぐ全員で船から脱出したほうがいい、そんな気がする。たった数回テレポートすれば、それで脱出完了だ。ファンタン星人には別のベズンを探してもらうとして……。だが、シドは思いとどまった。自分はこのミッションの一員で、ブルの言うことを聞かなくてはならない。言いつけに従い、チームに順応する、それが重要なのだ。たとえ、それがクリフォード・モンタニーのもとで過ごした当時の恐ろしい記憶を呼び覚ますとしても。シドにヒエラルキーの何たるかを叩き込んだ、あの頃の記憶――。

スーは銀色の翻訳ディスクをもじもじと指で撫で、それから、まっすぐにシドの顔を見つめた。その表情からは、自分を心配してくれた彼への感謝がうかがえる。「何もされてないわ」そう告げるスーの声は、スケリアに無理やり言わされているようには思えなかった。

ファンタン星人は体の向きを変え、その不気味な視覚穴をスーに向けた。虚ろな穴が彼女をじっと見つめる。「約束どおり、仲間のもとに帰してやった」

気のせいだろうか？　円筒型胴体の上半分を覆う細かいうろこが、ほんのわずか動いたように見えた。彼らファンタン星人にも、感情を表す身振りのようなものがあるのだろうか。たとえあったとしても、人間にはとうてい見分けられないだろうな、とシドは思う。

スケリアは三本の触手を脚のように使って、立ち去っていった。

スーはその背中を見送りながら言った。「私ね、彼のことを前より少しだけ理解できた気がするの」

「どういうことだ、説明してくれ」ブルが頼んだ。なにしろ、彼はまさにファンタン星人の特性を理解するべく、これまでずっと奮闘してきたのだ。

シドは、ジョン・マーシャルの運営するペイン・シェルターで、スーや他の子供たちと一緒に暮らしていた頃のことを思い出していた。スーはいつも、どこか特別だった。まるで北極星のように常に静かに佇む、頼りになる存在だった。もっとも、当時のシドはそんなこと気にもとめず、自分の世界に引きこもっては星々や異星人に思いを馳せていたのだが。あの頃のシドが夢見たものは、いまやすっかり現実になった。それも想像をはるかに超える、信じられないような形で、だ。

実年齢よりずっと年下に見える小柄で華奢な少女は、窓の向こうの格納庫に視線を向けた。ひっきりなしに搭載艇が発着するその様子に、彼女の目が大きく見開かれる。「ベズンは、スケリアのすべてなの。彼はベズンを得るために努力するし、ベズンは役にも立つわ。でも同時に、彼はベズンを恐れてる。その点で、スケリアは普通のファンタン星人とは違うの」スーは人差し指で窓ガラスをつついた。「あそこにいるファンタン星人たちは、誰もそんな悩みは抱えていないでしょう？　スケリアは、彼らみたいになりたいのよ。彼の生き方はすごく矛盾してる。私……私、彼がかわいそうだわ」

シドは耳を疑った。「スー、まさか洗脳されちゃったのか？　もしかして、あいつらに操られてるんじゃ――」

「違うわ」スーははっきりと言った。「スケリアは真実を語ってくれたの。自分と、自分の生き方について話してくれた。それだけよ」

やはり、どんなに魅力的に見えたって、この船は気に入らない。ファンタン星人が見た目よりずっとずる賢いことは、すでにわかっているのだ。彼らはスーを騙して味方に引き入れようとしている、シドにはそうとしか思えなかった。

スケリア

この惑星の住人の考えることは、まったくもって理解しがたい。あのシド・ゴンザレスという若い人間の行動は、ますます常軌を逸していた。そもそも、スケリアはこれまで人型生命体のことを理解できたためしがなかった。「外面は醜く、内面は奇怪」と、そんな古くからの決まり文句を頭から当てはめてきたのだ。その言いまわしこそ、ファンタン星人が何世代にもわたって人型生命体を理解できずにきたことを如実に示していたわけだが。

スーとの対話の後、彼は中央格納庫に立ち寄ることにした。自分が収集してきたベズンの搬出状況を確認するためだ。ああいった大型サイズのベズンは、全体の処理を円滑に進めるため、まず搬出待機リストに載せられるのである。不思議な少女スーの同行者たちは、ちょうど格納庫の入り口付近のガラス窓の前にいた。そのため、スケリアは彼女を送り届けた後、すぐに格納庫に向かうことができた。

格納庫のフロアは、行き交う同胞たちで活気に満ちていた。今回のベズン狩りは大成功だったようだ。多くのファンタン星人は、小さな、しかし実に魅力的な品々を抱えて満足げな様子だった。

ムロレンがすぐ傍を通り過ぎていく。彼は何か薄っぺらく四角い板のようなものを重ねて運んでいた。薄さは数ミリ程度、四方の長さは人間の頭ほどだろうか。もう一度よく見ると、それは紙でできた板だとわかった。積み上げ方が雑なので、板の上面がちらりと見える。どの板の表面にもカラフルな絵図が描かれ、この惑星住人が使う文字が独特の書体で記されていた。

スケリアは、ちょうど着陸しようとしている四人乗り搭載艇に目をやった。反重力光線のなかで、四本脚の動物がじたばたと動いている。ふさのような尾を持った黒毛のその動物は、絶えずワン、ワン、と激しい吠え声をあげていた。

スケリアがあの赤い要塞から奪ってきた小さな建物は、どこにも見あたらなかった。おそらく、すでに運搬ロボットが運んでいったのだろう。彼は自分のベズンに思いを馳せ、そして気づく。今はもう、それにさほど興味を感じていないことに。

代わりに、彼は絶えずスーの姿を思い浮かべていた。少女の声が耳に響くようだ。あのとき、自分自身のことを軽蔑してはいないと告げた、あの声。――それに、あなたも。彼女はそう付け加えた。その言葉は彼を当惑させた。しかも不思議なことに、その思いは時を経るほどになお強く彼を揺さぶるのだ。

吠え続ける動物を伴って、搭載艇が着陸した。ロボットがベズンを受け取る。なかから降りてきたファンタン星人たちは、赤く輝く球をたくさんつけた茂みのようなものを引きずっていた。一人がその球を摘み取って口に入れる。

フロアは陽気な雰囲気に包まれていたが、スケリアは一緒になってうかれる気にはなれなかった。もう自分の居室に戻ろうと考えたそのとき、見知った姿が近づいてきた。

「俺もようやく外に行けるぜ!」そう声をかけてきたのは、スケリアの代わりに留守役を押しつけられていたロカーンだ。「オーストラリアって名前の大陸に行ってみるつもりだ。そこには原住民がいるって噂で――」

スケリアはぼんやりと響くその声を、ほとんど聞いていなかった。礼儀上その場に立ち止まりはしたが、体の姿勢を通じてはっきりと、重要な用があるので時間がないのだと告げる。ロカーンがそれに気づいて話を切り上げ、くるりと背を向けたそのときだった——警報が響きわたった。

格納庫のにぎやかな空気が凍りついた。ロカーンは驚きのあまり、びくりと上肢を交差させている。スケリアの脳裏に真っ先によぎったのは、あの二人の人間の名だった。レジナルド・ブルとシド・ゴンザレス。あいつらが何か企てたに違いない！ 何が起こったかは知らないが、間違いなく奴らのせいだ、やはり監禁しておくべきだったのだ！

しかし次の瞬間、船内の全ファンタン星人に向けて通達されたアナウンスが、彼の誤解を訂正してくれた。それは人間どものしわざではなかった——そうだったらどんなによかったろう。なぜなら、事実はそれよりもはるかに危機的だったからだ。

格納庫から今まさに離陸しようとしていた搭載艇数隻が、再び降下しフロアに戻ってくる。現在ベズン狩りに出ている船外の全ファンタン星人向けに無線インパルスが発信され、カウントダウンが始まった。帰還に残された時間はあとわずかだ。とはいえ、スケリアならもっと短時間に設定するだろう。

彼は緊急用の浮遊ロボット（ドスティ）格納庫へ急ぐ。現任の留守役および地球人ベズンの監視責任者としての権限で、ロボット一機を起動する。彼はすかさず機体に飛び乗り、発進させた。今はクリーニングや振動機能といった余計なリラックス機能を楽しむ時間もなかった。

とにかく、あの人間たちと話をしなくては。他の者はどうでもいい。ただ、スーにだけは、なんとしても現状を知らせておきたかった。

シド・ゴンザレス

数秒前から、甲高い音が周囲に響きわたっていた。何かの警報であることは間違いないだろう。なぜなら、その音はファンタン星人にすら不快感をもよおさせるであろう音色だったからだ。

それに先ほどから、まるで世界の終わりのような様子で通路を急ぐファンタン星人の姿が目についた。誰一人、こちらを気にする様子はない。

「すまないが――」エリック・マノリがいつもの腹が立つほどに冷静な口調で言った。「さっきのアナウンス、何と言っていた?」

「聞き逃したのは、あんた一人じゃないぜ」ブルがパノラマ窓に拳を叩きつけながら言った。格納庫ではいつの間にか、エネルギー壁で守られた小規模な発着用スロットに代わって、巨大な隔壁が開け放たれていた。そこから搭載艇が続々と帰還してくる。どの機体も猛スピードで船内に突入し、そこでようやく急ブレーキをかけた。事故が起こらないのが不思議なくらいだ。それとも、これも完璧な自動操縦のおかげなのだろうか。「この翻訳ディスク、肝心なところで突然機能しなくなっちまった」

「偶然とは思えないな」《スターダスト》元船医は指摘した。「ファンタン星人は、自分たちのトラブルを我々に聞かれたくなかったんだろう」

「ねえ、ぼく思うんだけど」シドは言った。「いいかげん脱出したほうがいいよ。何が起こるかわかんないんだよ? もしかしたら、地球の全軍が手を組んで攻撃してきたのかもしれない。どうにかして、この船をこっぱみじんにする手段を見つけてさ。そしたら、ぼくらは全員ファンタン星人の道連れだ」

マノリが首を振った。「私とレジは《スターダスト》の内部で、中国軍による爆撃や何時間にも及ぶ一斉砲撃を受けた。だが、それだけの猛攻もエネルギーシールドは問題なく防いでくれたよ。この紡錘型宇宙船にも当然、そういった防御シールドが搭載されているはずだ。人類のどんな兵器も寄せつけない、高性能シールドがね」

「確かにな。だが、俺はシドに賛成だ」驚いたことに、ブルはそう言った。「シド、いつでも全員で船外に跳べるように、準備しておくんだ。ただし、決行はもうちょい待て。この船で何が起こってるのか、そいつを知っとくことが後々重要になるかもしれん。……俺はな、そろそろスケリアが現れる頃じゃないかと見てる。見たところ奴は、スー、おまえに強い絆を感じてるようだ。いいか、もしあいつが現れたら、何があったか聞いて——」

「わかってる」スーがさえぎった。「それに、彼ならもう来てるわ」

その言葉とほぼ同時に、浮遊ロボットが彼らの傍らに停止した。宙に浮かぶオートバイのような見た目だが、車輪はなく、座席は見るからに快適そうだ。スケリアが浮遊ロボットから降り立った。

「何が起きてるの？」スーが尋ねる。

ファンタン星人の視覚穴が少女に向けられた。「この船よりもはるかに巨大なファンタン船が一隻、こちらに接近している」

「どういうこと……？」

「我々は一刻も早く、ここを発たなくてはならない」とスケリア。「あと残り数十秒で、カウントダウンが終了する」

スーは仲間と自分自身を順に手で指して尋ねた。「私たちはどうなるの？　船から出してもらえるの？」

ファンタン星人は意味の計りかねる声音を発したのち、シドが予期したとおりの非情な答えを口にした。

「おまえたちは、ベズンだ」

「――つまり、捕虜ってこと？」

浮遊ロボットが数センチ上昇する。「船に残れ。俺はまたすぐ戻ってきて、おまえの――

―おまえたち全員の世話をする」そう言い残すと、スケリアは浮遊ロボットに乗って飛び去っていってしまった。

ブルが両手を左右に差し伸べながら告げた。「ここまでだ、シド、脱出するぞ！」マノリがブルの右手を、スーが左手をつかむ。シドは全神経を集中させた。火花が飛び散りはじめる。少年は自分に向かって伸ばされたふたつの手を握った。一緒にテレポートするには、直接体を触れ合わせる必要があるのだ。

「――いや、待て！」ブルが叫んだ。「だめだ、遅すぎた！」

シドは当惑とともに、発動直前だったテレポートを中断した。ブルの視線を追って格納庫のほうに目をやる。その視界に映ったのは、閉じていく隔壁の向こうにきらめくエネルギーシールドだった。

ブルがののしる。「くそっ！　おまえの力じゃ、シールドを越えてテレポートは無理だ」彼はつかんでいたスーとマノリの手を離す。そして二人も、シドから手を離した。

「遅すぎたんだ！」

シドは独りになった。誰にも触れられず、誰にも止められることなく。今なら、試せる――いや、試さなくてはならない。試してみたい。「そんなのいやだ！」彼は叫び――そして、跳んだ。

周囲の景色が一瞬にして消え去った。スーも、他のみんなも。〝テラニアだ〟シドは思った。〝戻ってきたんだ〟

だがそこは、彼が目指したスターダストタワー前の広場ではなかった。建設途上の建物群のなか、すでにひときわ高くそびえているはずのあの塔が、どこにも見あたらない。

はじめのうちは、すべてが闇に包まれていた。一拍おいて思考できるほどの間は。シドには不思議に思う時間すらあった。その直後——激痛がきた。

火花が、いたるところに火花が散っている。いつもより、ずっと多い。自分の見ているそれが現実なのかもわからずにいるうちに、火花はシドを呑み込んだ。闇が消え、気づけば彼は再びファンタン船内にいた。パノラマ窓の前に立ち尽くし、閉じゆく隔壁の細い隙間を、その向こうを凝視している。シドの目が大きく見開かれた。地面が、はるか下に見える。彼らは飛んでいた。紡錘型宇宙船は地球の大気圏を飛び去ろうとしているのだ。

スーの悲鳴が聞こえたのを最後に、シドの明瞭な意識は途切れた。すべてが炎の壁の向こうに消える。それはあまりにまばゆく、他のどんな炎よりも熱かった。

「シドが燃えちゃう！」スーの金切り声が聞こえる。「お願い、どうにかして！」

「だめだ、退がるんだ！」マノリの声だ。

シドには二人の姿が見えなかった。もしかして、もう二度と、何も見えないのか。炎はとっくに、この目を焼き溶かしてしまったのか。激しい衝撃、それから何かにぶつかる感覚に続いて、自分が床に倒れていることに気づく。彼は床の上をのたうちまわった。

「超常エネルギーの過剰か！」マノリが叫ぶ。「それ以外に説明がつかない。シドの超能力に、防御シールドのパワー、おそらくそれらが……」

シドに聞こえたのは、そこまでだった。彼は痛みに絶叫し、体をのけぞらせ、めちゃくちゃに腕を振りまわした。炎が静まり消えていく。奇跡的にも、彼はその光景をまだかろうじて視認できた。だが、一〇本の指先からは、いまもなお松明のように火花が吹き出している。いつも見慣れた、心癒される、それでいて痛みを伴う火花の輝き――。

「シド！」かろうじて、まだ声が聞こえた。スーだろうか。そう思ったところで、痛みが限界を超え――そうして、すべてが漆黒の闇に消えた。

20

阻まれた救援

ペリー・ローダン

トーラが彼の願いに応えてくれたことに、ローダンははかり知れぬほどの安堵を覚えていた。《グッド・ホープ》の両極から斉射されるサーモキャノン砲は、トプシダー艦の防御シールドを破りはしても、その船体を完全に破壊することはもはやなかった。トーラは精密にねらいを定め、敵艦を次々と航行不能にしていく。しかもその際、艦載ユニットが爆発したり船体の一部が損傷した船はあっても、すべてを破壊する大規模な爆発に呑まれたトプシダー艦はただの一隻もなかった。

こうして《グッド・ホープ》は無用の犠牲を出すことなく、破壊の轍を刻んでいった。トーラは超然と、圧倒的な力でもって地獄の業火を操っている。その様子は、ヴェガ星系まで《グッド・ホープ》を操縦してきたときと何ら変わらなかった。ほぼ感情の見えない冷ややかな表情のまま、《グッド・ホープ》の舵を取り、絶妙にコントロールされた攻撃で敵の進撃をくい止め、次なる標的に向けて休むことなく移動していく。

ローダンは戦略図ホログラムを通じて、トーラが標的に選んだ宙域をその都度確認しつつ、彼女に対して尊敬の念を抱かずにはいられなかった。トーラは常に彼よりも早く、トプシダー艦隊に戦略上最大の打撃を与えるであろう箇所を見極めていたのだ。しかも、並行して《グッド・ホープ》の操縦を一手に引き受けつつ、である。

「見ろ！」すぐ近くでラス・ツバイの声がした。「トカゲどもの進軍が止まった！　圧倒的戦力をもった敵が現れたことに、気づいたようだな」

テレポーターの推測は正しかった。戦略図ホログラム上では明らかに、トプシダー艦が寄り集まり、ヴェガ星系から離脱する航路を取りはじめた。艦隊は速度を上げ、もはやフェロンの艦船には目もくれずに撤退していく。

「あなた方は、光を取り戻す救世主です」

カクトールの声に、ローダンは思わず振り返った。青い肌の異星人はいつの間にか立ち上がっていた。テラナーにしては少々小柄だが、彼らフェロン人の間では必ずしもそうではないのだろう。彼は隣に立つタコ・カクタよりわずかに背が低く、ずんぐりした、たくましい体格をしていた。その体に、今、見るからに活力がみなぎっている。ローダンの知る、先ほどまでの弱々しく消沈した彼の面影は、もはやどこにもなかった。思いがけない戦況の変化が彼を鼓舞し、力を与えたのだ。そうした点でも、テラナーとフェロン人は実によく似ているように思われた。感情や精神状態が、身体やその人の持つ雰囲気まで変えてしまうという点で。

カクトールは再びあの肖像球を取り出して、額にそっと押し当て、画像を呼び出した。だが、そちらに目をやる様子はほとんどない。おそらく彼はそうすることで、ただ家族と共にあることを感じたいのだ、ローダンにはそう思われた。

その光景はローダンの心を打った。静謐で、穏やかなひととき。だが、彼はすぐにまた背を向け、ものの一瞬で戦場へと舞い戻る。当初のトプシダー優勢から一転し、いまや《グッド・ホープ》を率いるトーラがほぼ掌握しつつある戦場へと。

彼女は相変わらず、並外れた集中力の化身だった。冷ややかな顔を白銀の髪が縁取り、赤金の瞳はぎらぎらと輝くようだ。唇がかろうじてわかる程度にかすかに動いている。何かをつぶやいているのか、それとも吐息のためか、ローダンには判断がつきかねた。

ローダンはトーラの傍らに歩み寄り、彼女のすぐ前に展開された仮想ディスプレイを覗き込んだ。そこには行く手に浮かぶ惑星をとらえたカメラ映像が示されていた。惑星はほぼ半分しか映っておらず、画面の横端から弧を描くように半円が覗いている。その傍らには、ふたつの月が浮かんでいた。この角度からは、ちょうど両方の月が半分ほど重なって見える。片方は鈍いオレンジ色、もう片方は明るい黄色の月だ。その惑星とふたつの衛星との間に、二隻の船が姿を現した。八〇〇メートル級のトプシダー艦と、それに比べてあまりにちっぽけな、弱々しいフェロン艦だった。

トカゲ種族の侵略艦からの砲撃によって、フェロン艦は燃えさかる炎球と化した。無慈悲で冷酷な殺戮の一部始終を目撃したのは、ローダンとトーラだけだった。他の者たちの視界からは、ディスプレイの映像は見えない。ディスプレイ上でちっぽけなフェロン艦が四散したその同じ瞬間、司令室の向こうではカクトールが喜びの叫び声をあげていた。他の者たちもそれに加わり、どっと歓声があがる。

ローダンは少しの間だけ目を閉じ、それから横を振り向いて戦略図ホログラムに視線を投じた。そこではじめて、先ほどカクトールたちがあげた歓声の理由を理解する。星系全域で、トプシダー艦隊が逃走に転じたのだ。あるいは彼とトーラが先ほど目にしたのは、撃沈される最後のフェロン艦となるかもしれない――その光景は、ローダンの心の奥底に強烈に焼きついていた。

そのとき、突然《グッド・ホープ》が激しく揺れた。

ローダンは転倒しそうになるのを危うくこらえつつ、誰かの悲鳴を耳にとらえる。ダーリャ・モロソワだ、聞き間違いでなければ。

不吉にも、ローダンはその状況に覚えがあった。あのときも、似たような揺れが生じはしなかったか？　五〇〇隻に及ぶトプシダーの大艦隊がヴェガ星系内に一斉に現れた、あのときにも。おそらく、大量の物質化によって宇宙空間に一種の地震のような揺れが引き起こされ、それが周囲のあらゆるものを巻き込んだのだ。

冷たいものがローダンの背筋を走った。もしも、侵略側の大援軍が今よりさらに巨大な艦船や強力な武器を伴って、星系内になだれ込んできたら——。

「トーラ！」彼は叫んだ。「何か情報は？」

彼女の答えは、ローダンを驚かせた。彼は最悪の凶報も含め、あらゆるものを予期していた。だが——これぱかりは予想外だった。

アルコンの女は、笑っていた。

トーラ

トーラは笑いを抑えられなかった。

位置測定の結果に呆然とするあまり、ほんの数瞬、自制を失ったのだ。彼女は恐ろしい戦いを予期し、新たな敵援軍に対峙することを覚悟していた。

ところが今回ばかりは、そうした最悪の展開は訪れなかった。位置測定装置が示す解析結果は見間違いようがなく明白だ。物質化した艦船はたったの一隻。距離はここから二万キロ足らず。巨大な、全長八〇〇メートルの球形艦――。

「アルコンの戦闘艦よ！」トーラは叫んだ。「救助が来たんだわ！」最後の言葉は、単にヴェガ星系での状況だけを想定したものではなかった。巨大戦艦の出現、それが何を意味するか悟った瞬間、彼女の脳裏にさまざまな思考が押し寄せる。万全な状態のアルコン艦。それさえあれば、《グッド・ホープ》の航続距離をはるかに超えた、遠い宙域に到達できる。《アエトロン》が地球の月に不時着して以来失っていた、アルコン本来の移動能力――。突然開けた可能性が、彼女を圧倒した。

巨大戦闘艦は《グッド・ホープ》に近づいてくる。

突如、隣にローダンが立っていた。いつの間にか、彼女をとり囲む仮想コンソールの内部に入ってきたのだ。「確かですか？」彼は問うた。

もちろん、確かに決まっている。「確かにアルコン艦よ。この私が、同胞の船を見間違えるとでも思っているの？」

「そういう意味ではない。あの艦が敵ではないことは、確かかと訊いているのです」

トーラは呆然と彼を見つめた。彼をなじり、問いただしたかった。そのような馬鹿げた考えに、いったいどうやって思い至ったのかと。

「無線で呼びかけてください」

トーラの指先が仮想コンソール上をすばやく動く。「自動応答要請を備えた標準識別信号を送信したわ」

ローダンは戦略図ホログラムをじっと見つめた。次に、モニター上に映し出されたアルコン戦闘艦を。そして最後に、トーラの顔を。彼の視線は険しく、鼻翼がかすかに震えている。「反転を、トーラ」

「しかし……」

「逃げるんだ！」

トーラは躊躇した。

「トーラ！」

彼女は《グッド・ホープ》を反転加速させ、新たに現れたアルコン艦から距離をとる。

次の瞬間、自動警報が鳴り響いた。

集中砲火が《グッド・ホープ》の防御シールドを襲う。船は激しく揺れ、船体全体が引きちぎれんばかりにきしんだ。一瞬、トーラの前の仮想コンソールがちらちらと明滅する。

巨大戦艦からの第二撃がきた。トーラは呆然としたまま、その光景を見つめていた。《グッド・ホープ》の防御シールドがものの一秒で急激な負荷を受け、消失寸前に追い込まれる様を。次の一撃には、おそらく耐えられない――。シールドは、もはやエネルギーを受け流す力を失っていた。

脳裏にまざまざと、爆発に呑まれていくフェロン艦が、破壊されるトプシダー艦の姿が甦る。同じ運命が、彼らにも迫っていた。《グッド・ホープ》は自身よりはるかに優れた敵に遭遇したのだ。

トーラはフル出力で加速し、無謀な回避プログラムをインプットした。加速圧吸収装置でも吸収しきれない強烈な加速重力に、思わず膝をつきそうになる。隣でローダンがあえぎ、鼻から血を流している。視界の端で、誰かが手をばたつかせて床に倒れるのが見えた。だが、この回避のおかげで、彼らには一刻の猶予が生まれた。巨大戦艦の一撃は的をはずしたのだ。

トーラはこの隙に戦況を分析する。アルコンの巨大戦艦に対する彼らの唯一の利点は、《グッド・ホープ》のほうがずっと小型で、したがって機動性に優れるという点だ。アクロバティックな飛行で逃げ回ることは可能かもしれない。ただし、あの攻撃を防ぎきるなど、考えることさえ無謀に思われた。

一発の砲撃が防御シールドをかすめる。すでに防御力を失っていたそれを、エネルギーの一端が貫いた。脅威を感じるほどのきしみ音が船体を揺るがし、最外殻で爆発が起きる。トーラが画面上の通知を視認するのと、爆音が響くのとが同時だった。――ここから三〇メートルと離れていない。《グッド・ホープ》のような小さな搭載艇においては、司令室でさえ真に安全とは言えないのだ。

トーラの目が、ポジトロニクスからの自動警告をとらえる。それは、主エネルギー回路のひとつが極度の負荷のため破断寸前であると告げる警告だった。彼女が何らかの対処を試みるよりも先に――回路が破裂した。「気をつけて！」トーラは叫ぶ。

だが、遅すぎた。壁の一角が爆発し、金属片が司令室を突っ切るように飛散する。火の手があがった。トーラは思わず、そちらに目をやる。壁から勢いよく吹き出す炎が、爆風で床に倒れ伏したアンネ・スローンへと迫っていた。炎の舌が彼女の体に伸びる……。

その刹那、ラス・ツバイがアンネの傍らに現れ、ほぼ一瞬で再び彼女とともに消えた。炎のなかにいた時間はわずか〇・五秒にも満たない。次の瞬間、二人は数歩離れた別の場所にふっと姿を現した。――見たところ、怪我はないようだ。

トーラにはもはや一刻の猶予もなかった。どうにかして《グッド・ホープ》を安全な場所に導かねばならない。

「一番近い惑星に向かうんだ！」ローダンが叫んだ。「身を隠さなければ――」

さらなる爆音が、その先の言葉を呑み込む。だが、トーラには必要なかった。彼女もまた、まったく同じ結論に達していたからだ。一番近い大型惑星の陰に入るか、あるいは着陸して身を隠すしかない。

彼らの目と鼻の先には、第八惑星がある。トーラは限界まで加速しつつ、きたるべき殺人的な急停止に備えた。背後から巨大戦艦が――絶対的な死の巨人が迫ってくる。

《グッド・ホープ》は第八惑星の月の脇を猛スピードで通過した。宇宙空間では、あの船を振り切ることは難しいだろう。だが、このまま惑星大気圏に突入すれば、敵は追跡を断念する可能性もあった。少なくとも大気圏内では、小さな《グッド・ホープ》よりも敵のほうが動きは制限されるはずだ。

「これより、緊急操縦に入る！」トーラは叫んだ。「全員——」

言葉はそこで途切れた。

巨大戦艦の一撃が、防御シールドを直撃したのだ。もとよりろくな抵抗をなせずにいたシールドが、大破する。船体外殻が破断し、司令室が激しく揺れた。

《グッド・ホープ》は燃えさかり、ついに完全なる残骸と化していた。——棺桶。まさにそれ以外の何ものでもない。彼らは全員、死したも同然だった。

トーラの全身がすっと冷えていく。

航行不能となった《グッド・ホープ》は、松明のように燃えながら第八惑星の大気圏に突入した。外球殻の一部が剝がれ落ちていく。もはや、地獄の業火を防ぐものはなかった。

《グッド・ホープ》は墜落した。

〈ローダンNEO〉第2シーズン刊行リスト（第12巻以降のタイトルは仮題）

第9巻『グッドホープ』*Rhodans Hoffnung*　フランク・ボルシュ／鵜田良江訳
第10巻『ヴェガ遭遇』*Im Licht der Wega*　クリスチャン・モンティロン／柴田さとみ訳
※本書
第11巻『フェロル攻防戦』*Schlacht um Ferrol*　ミハエル・マルクス・ターナー／鵜田良江訳（二〇一八年九月刊行予定）
第12巻『海底ドーム』*Tod unter fremder Sonne*　マーク・A・ヘーレン／柴田さとみ訳（二〇一八年十月刊行予定）
第13巻『シャドウ』*Schatten über Ferrol*　ヘルマン・リッター／鵜田良江訳（二〇一八年十一月刊行予定）
第14巻『ジャイアンツ』*Die Giganten von Pigell*　ヴィム・ファンデマーン／高木玲訳（二〇一八年十二月刊行予定）
第15巻『ネクストステップ』*Schritt in die Zukunft*　ベルント・ペルプリース／鵜田良江訳

（二〇一九年一月刊行予定）
第16巻『ファイナル』*Finale für Ferrol*　クリスチャン・モンティロン／柴田さとみ訳（二〇一九年二月刊行予定）
〈ローダンＮＥＯ〉公式ホームページ
http://perry-rhodan-neo.net/

翻訳協力／静川龍宗（クロノクラフト）

アルテミス（上・下）

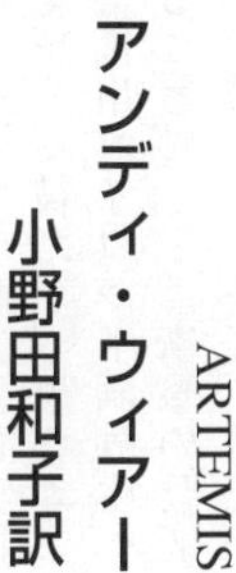

ARTEMIS

アンディ・ウィアー

小野田和子訳

月に建設された人類初のドーム都市アルテミスでは、六分の一の重力下で人口二千人の人々が生活していた。運び屋として暮らす女性ジャズは、ある日、都市有数の実力者トロンドから謎の仕事のオファーを受ける。それは月の運命を左右する巨大な陰謀に繋がっていた……。『火星の人』に続く第二長篇。解説／大森望

ハヤカワ文庫

メカ・サムライ・エンパイア（上・下）

Mecha Samurai Empire

ピーター・トライアス
中原尚哉訳

大日本帝国統治下のアメリカ西海岸の「日本合衆国」。軍人の両親を失ったゲーマー不二本誠は、皇国機甲軍のメカパイロットをめざすも、士官学校入試に失敗してしまう。絶望する彼だが、思わぬことから民間の警備用パイロット訓練生への推薦を受けることに……。衝撃の改変歴史SFシリーズ第二作。解説／堺三保

ハヤカワ文庫

ユナイテッド・ステイツ・オブ・ジャパン（上・下）

United States of Japan

ピーター・トライアス
中原尚哉訳

第二次大戦で日独が勝利し、巨大ロボット兵器「メカ」が闊歩する日本統治下のアメリカで、帝国陸軍の石村大尉は特別高等警察の槻野とともに、アメリカが勝利をおさめた歴史改変世界を舞台とする違法ゲーム「ＵＳＡ」を追うことになるが――二十一世紀版『高い城の男』と呼び声の高い歴史改変ＳＦ。解説／大森望

破壊された男

The Demolished Man

アルフレッド・ベスター
伊藤典夫訳

〈ヒューゴー賞受賞〉二十四世紀、テレパシー能力をもつエスパーの活躍により計画犯罪は不可能となり、殺人は未然に防がれていた。だが、謎の悪夢に悩むモナーク産業の社長ベン・ライクは、ライバル企業の社長殺害を決意する⁉　心理捜査局総監パウエルと殺人者ライクの息詰まる死闘を描く傑作。解説／高橋良平

ハヤカワ文庫

ケン・リュウ短篇傑作集 1
紙の動物園
The Paper Menagerie and Other Stories
ケン・リュウ
古沢嘉通 編・訳
早川書房

訳者略歴　ドイツ語・英語翻訳家
東京外国語大学外国語学部欧米第一課程卒　訳書『スターダスト』ボルシュ，『ミュータント』ターナー，『エスケイプ』エルマー（以上早川書房刊），『母さんもう一度会えるまで』ティレマン，『とっさのしぐさで本音を見抜く』ハーフェナー他多数

HM=Hayakawa Mystery
SF=Science Fiction
JA=Japanese Author
NV=Novel
NF=Nonfiction
FT=Fantasy

ローダン NEO ⑩

ヴェガ遭遇

〈SF2194〉

二〇一八年八月二十日　印刷
二〇一八年八月二十五日　発行
（定価はカバーに表示してあります）

著者　クリスチャン・モンティロン
訳者　柴田さとみ
発行者　早川浩
発行所　株式会社 早川書房
郵便番号　一〇一－〇〇四六
東京都千代田区神田多町二ノ二
電話　〇三－三二五二－三一一一（大代表）
振替　〇〇一六〇－三－四七七九九
http://www.hayakawa-online.co.jp

乱丁・落丁本は小社制作部宛お送り下さい。
送料小社負担にてお取りかえいたします。

印刷・信毎書籍印刷株式会社　製本・株式会社フォーネット社
Printed and bound in Japan
ISBN978-4-15-012194-5 C0197

本書は活字が大きく読みやすい〈トールサイズ〉です。